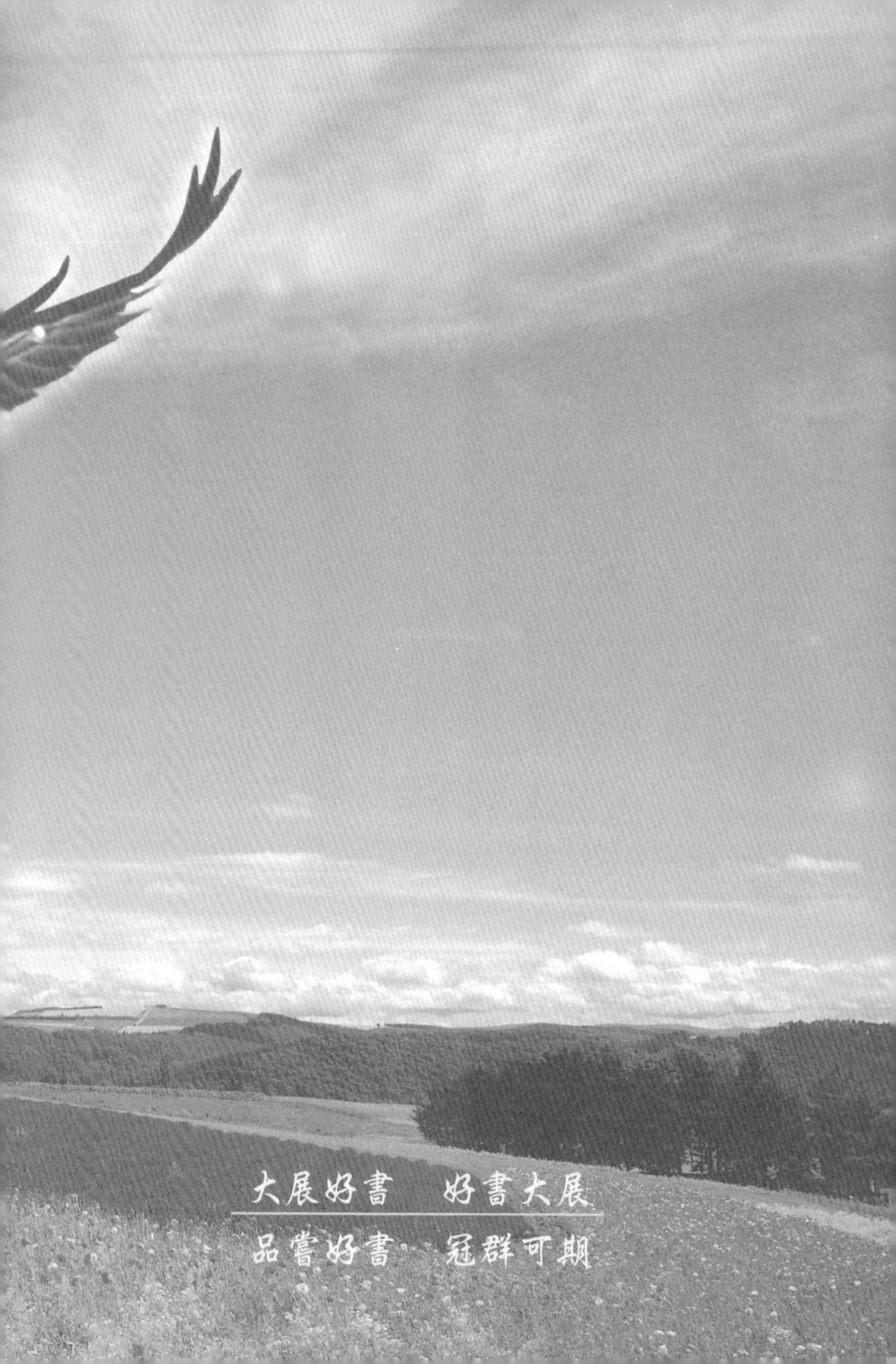
大展好書　好書大展
品嘗好書　冠群可期

大展好書　好書大展
品嘗好書　冠群可期

生活廣場 19

野史搜奇

廖義森／編著

品冠文化出版社

序 言

中國自戰國以來，即有九流十家之名。而小說家正是其中之一。雖然它自始即不受士人舉子的推重，以為不過是道聽塗說，不足登大雅之堂的「雕蟲小技」。然而此一流派，畢竟仍傳承下來，這不啻隱然顯示人人皆有好奇尚怪、喜歡閒談瑣語的心理。

從本書裡，讀者們正可以獲得許多前所未聞，思不曾及的街談巷議、軼聞趣事。

比如說：中國的幫派是怎樣興起的？古代帝王的後宮佳麗是如何「狩獵」而來的？古代中國的「花心大蘿蔔」又有多少呢？凡此種種，本書都有詳實的記述。既可供您消遣娛情，又可豐富您的見識。

由於本書涵蓋面過廣，大凡古往今來，四合八方，全都涉及到，筆者以一初出茅蘆的後生晚輩，為了求好心切，所以旁徵博引多方面的資料，如能博得您的青睞，則感甚慰。

目錄

序言……三
一、中國的秘密結社和宗教……七
撈自海底的戒律……七
「戒律」的製作者——反清復明的民族英雄鄭成功……一〇
國際性的秘密組織……一二
《水滸傳》與《三國演義》……一五
秘密結社的媒介——白蓮教……一七
洪幫的興起……二〇
少林拳法……二一
洪幫奇談……二三
分佈在亞洲的洪幫……二八
洪幫的種種規律……三〇

二、囊中的裸妃……三三
三、美女的狩獵……四二
四、梨園的名優玄宗與李龜年……五一
五、中國的「彈詞」……六一
六、司馬相如的謀略……七二
七、中國古代的花花公子……八一
八、中國古代女性的罪與罰……八八
九、……勾引、欺騙……九七
十、薄情詩人與被輕視的兵法家……一四〇
十一、女人國故事……一六一
十二、中國人的綽號……一七二
十三、中國的圍棋情話……一九三
十四、中國的當鋪……二〇八
十五、曹操和代書……二一八
十六、女性的謀略——賈南風……二三七
十七、一妻多夫……二四六

一、中國的秘密結社和宗教

撈自海底的戒律

這是西元一八四八年，即清道光二十八年，所發生的事……。

在台灣南方的某一海岸，住著一個捕魚為生的漁夫……。

炎炎的夏日餘暉，逐漸地消失，熾盛的威力，正傾掛在天邊的海平線上。這是多麼金碧輝煌的景致啊！然而在這金波盪漾的水面上，有個愁容滿面的漁夫。這漁夫從早上開始就不曾捕到魚，洩氣之餘，漁夫決定做最後一次的撒網。滿懷誠心的祈禱，把網深深地撒下大海中……。就在那時，抓著網的手好像感應到，有些沉重的東西落在網中。

不知不覺中，船隻也開始搖晃起來，漁夫的雙手，也因過度興奮而輕顫著，但漁夫還是很慎重地把船靠過去。

終於把漁獲物撈起來，令人驚訝的是，網中像是有一口黑沉沉的箱子。

漁夫的腦裏，剎那間，掠過了一個想法：

「或許是海盜的寶藏吧！」

環顧四周，只見閃耀著夕陽餘暉的波粼那邊，浮現著幾隻船影，並沒有人在注視這裏。於是漁夫就靜靜地、慢慢地，把漁網拉離水面，一看，果然是一個被慎重上鎖著，而又沾滿海草和貝類的鐵箱子。

將它提起來時，卻發覺它意外的輕。但總覺得不太平常——或許就是收藏著金銀財寶。

漁夫幻想著：「或許託龍王恩典，我這一生將有享用不盡的財寶了！但若被藏匿的海賊，或官府知道，不僅一無所有，恐怕還會有生命危險……。」

漁夫就趕緊地把箱子藏匿在船中。等到太陽完全沉落後，才航向歸途。

回家之後，嚴禁家人洩露任何風聲，並急切地想打開箱子。

一陣折騰，好不容易才打開，卻只有一個用油紙包了好幾層的東西而已。

漁夫小心翼翼地把油紙，一張一張地剝開來……。包在裏面的竟然是頗似文書之類的東西！

他戰戰兢兢地逐張翻看，只見紙上寫滿著密密麻麻的字，及一些看似圖畫的

符號。

不識字的漁夫覺得非常失望，但——

「等一下，說不定這就是藏寶圖呢?非得找人來確認不可。」漁夫這樣想著。

於是再把這些文書像原來那樣包好，埋在家中的角落裏。

這就是近代中國的秘密結社，不!應該說是地下幫派組織的根源——通稱為「海底戒律」，是一種極具機密的規條法律文書——被發現的經過情形。

漁夫開始暗中查詢，但人的嘴巴是掩不住的，一傳十，十傳百，很快地人人都約略知道這東西。

不久，這些文書就傳到福建泰甯縣一名叫郭永泰的手中。

福建沿海一帶，是近代中國史上，有名的海賊根據地，因為這一帶散布著許多島嶼。

這些島嶼也是以秘密結社，和黑社會的無賴、流氓群集而出名，商船往來，到此都得十分小心。

至於這位郭永泰，正是近代中國最大的幫派「洪幫」中一位很有權勢的首領。

而這個「戒律」，究竟是創始於誰?

又到底為了什麼而做的？

為何又要把它深藏在海中呢？

「戒律」的製作者——反清復明的民族英雄鄭成功

鄭成功的父親鄭芝龍，明末清初人，是著名的海寇首領，經常騷擾福建附近的南海一帶。

另一方面，鄭芝龍亦經常組織船隊，出現在日本長崎，所以，也是當時中日海上貿易的首領。

鄭成功，就是鄭芝龍和長崎平戶的士田川七左衛門女兒所生，幼名叫做福松。

福松在七歲時，就渡海到其父芝龍所居住的福建安平，但是長大之後，卻與其父芝龍分袂決裂，互為仇敵，甚至與當時入主中國的滿清，發生大規模戰役。

他的一生，都在驚濤駭浪般、起伏不定的生活中渡過，最後據守台灣，做為反清的根據地。

這時候，鄭成功想要效法歷史的先例——創設反清的秘密結社。於是創立名為「金台山」、「明倫堂」的地下組織本部。

中國的秘密結社，類似於佛教的組織，其特徵是運用具有宗教氣息的儀式。而這「金台山」的「戒律」，他們就稱之為「海底」。

由於它是維持組織，具有絕對性的法律條文，所以，鄭成功將它傳給兒子鄭經，又由鄭經，再傳到其孫鄭克塽之手。

直至一六八三年（清康熙二十三年），鄭氏一族所據守的台灣，因受清軍猛烈的攻擊，在被攻陷時，這個「戒律」，就隨著許多的重要文獻，被密封在鐵箱後，秘密地藏匿在海底。

這就是本文開頭所述，被漁夫偶然發現到的鐵箱。

而這些文書也足足在海底蟄眠了一百六十餘年之久。

得到這些文書的郭永泰，配合時勢，再加以若干修正後，把它正式命名為「海底」，做為同志間的戒律。

然而「戒律」到日後卻被黑社會沿襲，而流傳到現在。

鄭成功所制定的「戒律」，為何特別地被重視呢？

因為在那其中，除有關組織的法律外，還與漢民族的意識，有密切的關係。

不論古今，漢族總是抱著一貫的傳統思想，認為中國應該由漢民族來統治的。

滿人君臨中國，達二百六十八年之久，有很多人都誤以為他們就是漢族。實際上，那些皇親貴族，及握有權勢者，都是滿州族人；亦即是那些少數的異族人。

有一位滿州貴族出身的中國人，曾經很巧妙，又略帶自負地說：「清人只用三十萬士兵，就擊倒明朝，稱霸整個廣大的中國。」

當然這也應該歸咎於明朝的腐敗。

由於鄭成功急欲想要復興明朝，是具有恢復漢族失地潛在熱望的英雄。所以他所制訂的反清秘密結社的「戒律」，就不僅是組織的法律而已，而是被認為具有「民族意識」的戒律。

日本軍閥，曾經無視於這個歷史傳統，而推舉溥儀建立滿州國，終於嚐到失敗的後果。

國際性的秘密組織

對於美國警匪片中的場面，看來雖很有趣，只是規模太小了。

日本老一輩的人，一聽到中國的青幫、洪幫，幾乎都會驚訝地說：「啊！那

個呀！」

對他們來說，那是他們能直呼其名的國際性秘密結社。

中日戰爭時，日本本想將這黨社加以利用，想不到卻反被利用，甚至被嘲弄一番。

這組織中，有從事鴉片的販賣，也有擔任與振興大業有關的行業，或從事出賣勞力的工作。

而組織的成員，不但包括國內，甚至還浸透到海外數千萬華僑之間。

據統計，單是「洪幫」一派，男女總共就有四千萬人的成員，真可說是一個無國境的地下王國。

現在除在海外各國的華僑之間外，中國本土已經沒有幫社，因此有人認為，二次大戰前後期間，是幫社的巔峰時期。

對於「華僑幫社」是很難用國界來限制他們的。他們雖然遵守居住國家的法律，但一有任何資訊，就會很快地在華僑界傳播開來。

譬如日本政府對日幣的政策，在實施前，實際上已被香港和新加坡的華僑獲悉。等到日本政府發佈政令，人民正不知所措時，華僑們早已準備妥當了。

由此不難想像到，在縝密嚴謹的「戒律」下，秘密結社的成員，其效率與影響是多麼地大。

但是，中國的秘密結社，其間的「戒律」更是嚴酷。

譬如，若有人破壞戒律，就削去他的耳朵，或加以殺害等，處決非常嚴厲。

有關這些的入門儀式、暗語等，一併於下章敘述。略微一提的是，中國黑社會的戒律，是以鄭成功所制訂的為藍本，而改造出來的。

可見中國的秘密結社，很清楚地是和鄭成功有著很大的牽連。

除此之外，尚有許多有趣的故事，譬如：

目前在國外很流行的少林拳法的起源，中國福建省的少林寺，也是自成一個秘密結社的體系。

國父　孫中山先生，把革命思想，灌輸到秘密結社，把秘密結社的反清勢力轉變成政治革命的一股大力量。

章回小說中的《三國演義》、《水滸傳》中敘述著兄弟結拜與白蓮教的關係。

諸如此類，我們將會再詳述。

《水滸傳》與《三國演義》

由施耐庵和弟子羅貫中相繼完成的《水滸傳》一書，是毛澤東在青年時代，喜愛閱讀的一本書。因此有人說，若要研究毛澤東的思想，首先必須去讀《水滸傳》。

在日本也有一本書，從江戶時代以來，就一直非常暢銷，那是取材自《水滸傳》，而又增添宋代的史實，完全以「義」為中心要旨的書——《里見八犬傳》。我們前面敘述過的中國的秘密結社，它最初的雛型，就是由這個「義」，所結成的團體。

首先我們要談的是，這個「義」是由什麼變成的？實在是很難解釋。現在下一個比較淺顯的定義，所謂「義」，就是普通的道理；甚或可說是人人應該走的正道。

但是，如果我們現在衡著「義」，而去幫人搖旗吶喊、鬥毆廝殺，其結果自然被關入牢獄裡。

所以，隨著時代、環境的不同，「義」這東西也可能會有完全相反的解釋。

總之，要了解中國的秘密結社，就必須去探求，為其精神淵源的「義」，是從那裏來的。

但這也不需大費周章地去翻閱儒家之類的書籍，只要將《水滸傳》和《三國演義》二本小說，看過之後，自然就會明白。

水滸傳是敘述一百零八位豪傑，在梁山泊義結金蘭，活躍縱橫、行俠仗義，而為百姓、社會，盡心盡力的故事。

他們的首領宋江，此外還有使用槍的豹子頭林沖、施展六十二斤大鐵棒的花和尚魯智深，以及有牡丹刺青的美少男燕青等豪傑。

這一百零八位英雄好漢，相繼陸續的會盟於現在山東省的梁山泊，他們共同歃血立誓：「以天為父，地為母，星為兄弟，月為姊妹」，且又立下反抗惡政的誓言。

使我們讀來，頗覺得它具有激勵人心、切合情理的真實感。

而這誓言的形式，就成為後代秘密結社入門儀式的形式。

另外一部小說是《三國演義》，其中有一章節，敘述以復興漢室為目標的劉備，和武功蓋世的關羽及張飛三人，在桃園義結兄弟，所立誓言為：

「雖非同年同月同日生，但願同年同月同日死。」

這種滿腔熱血的口氣，非常博得讀者的讚賞，所以不管古今，這都是一本頗得民眾拍案喝采的小說。

這二部小說，深深地浸透到民眾的內心裡，絕不能與一般憑空杜撰的小說相提並論。

「傳說」在歷經長年累月的播誦之後，一來像滾雪球一樣，愈滾愈大；二來經口耳相傳，遂也被轉化成事實。

這種人情的微妙，似乎不論在那一國都是一樣的。

秘密結社的媒介——白蓮教

接著我們來探討，以宗教為媒介，而達成秘密結社的過程。

《水滸傳》的眾豪傑，在忠義堂立下誓言之後，經過二百餘年，蒙古的忽必烈，從北方南下，征服中原的漢民族，創立元朝。

繼而，他又南征北討，建立橫亙歐亞兩洲，世界史上，空前絕後的大帝國。

然而，元人在政治上毫無治績。大興黃河的補修工事等勞役，將人民視同螻

蟻般地蹂躪，也把人民逼於瀕臨死亡的絕境。

在歷史上，黃河最大的一次氾濫成災，是發生於宋代（一一一七年），河堤潰決，造成百餘萬人的死亡。

其次是在明代（一六四二年），根據記載，當時河南省的開封，全部被水淹沒，五十七公尺的鐵鑄高塔，其尖端也僅有一小部分露出水面上。

由此可知黃河的護岸工程，是件刻不容緩的事。

而白蓮教就利用這個時機一邊高喊著——

「奇蹟出現啊！」

一邊開始向飢餓的民眾傳教。

教主韓山童告訴民眾說：

「不久，彌勒佛就要降生到世上，來解救貧民。」

韓山童又自稱自己是宋徽宗的第八代子孫，是華夏真正的君子。

由於他利用宗教信仰，使民心相結合，是以引發了反蒙古的大叛亂。

這種自稱是某後裔的宣傳法，在現在也經常可以看到，這的確是有其效用的。

雖然白蓮教徒起而反抗元朝，但因是烏合之眾，所以抗暴不成，反被鎮壓下

來，教主也被殺。

在勢力被削弱之後，教徒們仍暗中籌策，因此，就轉化為秘密結社——潛入地下活動。

這種秘密組織，一直持續下去，似斷而實未絕，直至滿清時代，才又重新爆發，引起長達九年的大動亂。

就歷史而言，一個地下組織，歷經五百年以上，還能繼續生存下去，其執念之深固，真是非比尋常。

然而它並不是原封不動、依舊單純地保持著原本創教的原則，而是已經蛻變成咒術的宗教，而生存下來。

由此看來，「信仰」實具有讓一個人或一個組織團體，甚至是一個國家的意念，凝聚為一的力量，這簡直是一種不可思議的魔力。

白蓮教以「信仰」為中心，致具備充分的地下暗中行動的體驗，也因而造成所謂「秘密結社」的活動模式。

在近代，秘密結社的「青幫」和「洪幫」，就是把這個成果，奉為圭臬，亦步亦趨。

洪幫的興起

研究中國的社會問題，絕不可遺漏中國社會中，秘密結社的問題。

然而要詳細介紹這個秘密結社的問題，是非常困難的。在此僅以洪幫為例，略追溯其源由：

因「洪」與「紅」音相同，所以「洪幫」亦可寫做「紅幫」。

它的始祖，是明朝時的殷洪盛。殷洪盛是一位進士——可算是高級知識份子。

當時明朝處於內憂外患之際，結果——崇禎皇帝自縊於北京的萬壽山（一稱煤山）。

滿州族人於是大舉入侵，佔領北京。而殷洪盛就在那時，招兵買馬，與清人大戰。不幸的是，他跟白蓮教主命運相同，最後依然戰死。

滿清入關以來，抵抗最激烈的忠臣，要算是史可法。

他固守在揚子江下游的揚州城，終因寡不敵眾，而戰敗被害。

據說，城池淪陷時，清軍大舉屠殺軍民，共八十萬人，史上稱之為「揚州十日」，唯有「嘉定三屠」能與之相頡頏。《揚州十日記》一書，就是記載當時的

情況。

殷洪盛在戰死之前，也曾依史可法的命令，打算和明末清初的大學者顧炎武等人，所號召的反清地下組織互相聯合。

但當他死後，他的部下，就帶著他的兒子，向南逃命，最後投入國姓爺——鄭成功的旗下。

當鄭成功在台灣時，一方面積極圖謀擴展組織，一方面他也暗中派遣秘密組織的幹部，潛伏到福建省的少林寺去。

少林拳法

少林寺位於福建省莆田縣的九連山。寺中的僧侶，大都是精通武藝的高手。在這裏，鄭成功的外甥鄭君達一行人，與秘密組織幹部，建造一處地下工作站。少林拳法，一拳而天下知的事，是由於地下工作站建造後不久，西藏發生叛亂的緣故。

清政府對這個叛亂，感到非常頭痛，後來由於少林寺百餘人的加入，亂事終於被鎮壓下來。

而據說這是他們用計，先取得藏人的信任，讓他們疏忽而大勝的。

不過他們一行人，還是意氣昂揚地「班師回朝」。

但在這百餘人中，卻出了一個好色之徒，死纏著鄭君達的妻子。因被拒致腦羞成怒，憤而下山，向清政府的官衙密告。

他申告說：「西藏遠征一事，不過是做戲罷了。實際上，他們都是反清秘密結社的一黨。」政府驚愕之餘，火速地派遣三千名兵士，深夜包圍少林寺，用炸藥、大火圍攻少林寺。

再武藝高強的人，在毫無防備而且敵我形勢相差懸殊的狀態下，自是非敗不可。能夠利用濃煙，好不容易逃脫出來的，也只有五人而已。

後來洪幫，就稱這五人為前五祖。

而下山密告之人，因其在遠征西藏時，武功排名第七，所以，「洪幫」對此特別忌諱，絕不用「七」字。

靠著這五人與各地的連絡，終於匯集了千餘名同志。其中有一稱叫朱洪竹的人，生得龍目朱唇，雙耳垂肩，長臂及膝，一副帝王之像。

人問他祖先是誰？他回答說是崇禎帝的後裔。因此眾議就推舉朱洪竹為盟主。

洪幫奇談

前面所提到的洪幫盟主朱洪竹，是一位耳垂及肩，手長過膝的奇人。因他自稱是大明皇帝的後裔，又被同志認為具有帝王相，是以馬上就被推崇為盟主。但是，這也不見得是一樁新鮮的事。韓山童不也因這樣而被推為「首領」的嗎?!

不過，若像前面所描述的那副長相，而他的先世明太祖，是乞丐和尚出身，而得天下的朱元璋。他的肖像畫，也儼然像是河馬穿戴著衣冠那樣，露著獰猛至極的臉孔。

所以他們的共通點，在於他們都具有奇特的長相。

這些暫且不論，我們再來談洪幫的正式命名。

在康熙十三年（一六七四年）的某個夜晚，朱洪竹在湖北省被眾兄弟推戴為盟主。

據說當時夜色朦朧，天際散發著紅光，如同聖明顯靈一般，眾人大為驚異，深覺這是非比尋常的瑞兆，大概上天對擁戴朱洪竹當盟主，也特別的滿意。

人人都說，這是得到天祐神助的徵兆，而且朱洪竹的「洪」，與紅光的「紅」同音。於是這個血盟結社，便正式命名為「洪門」（洪幫）。

此外，他們並且決定以分解「洪」字後，所得的「三八二十一」做為同志間互相確認的暗號。

從此，洪幫集團正式組成，開始展開行動。

滿人統治中國的二百六十八年間，雖也有號稱治世的太平時候，但卻常為各地的叛亂而苦惱，所以，也無法平平安安地君臨天下。

像洪門之類的反清勢力，就經常在各地起義，而朱洪竹也大肆招兵買馬，並向武昌發動攻擊。

但這場戰爭最後還是失敗了！

在洪幫的歷史上，勝負乃在其次，重要的是，向強敵——滿清，表示決死反抗的意義。

到後來 孫中山先生領導革命，推翻滿清，多少也是受到這種意識的影響。

從朱洪竹領導洪門，大約歷經三十年後，發生一件出人意外的事：一個洪門弟兄，起死回生，並成了首領。

這是洪門在廣東惠州叛亂時，所發生的事……。

由於領導者相繼死去，正當同志們的心情都沉悶暗澹時……。已死去的先鋒隊長——蘇洪光，卻慢慢地站立起來，且逐漸復活過來。

眾兄弟們都由絕望而轉為狂喜。

重生的蘇洪光說：「我就是在北京萬壽山與明崇禎帝，一起殉死的宦官王承恩。因奉達摩祖師的託付，再度轉生，要來討伐清朝。」

因此，他遂改名為天祐洪，眾人也擁他為首領。

類似的故事，在東、西方的宗教裡，也都曾經有過。

改名為天祐洪的蘇洪光，為更團結人心，堅強意志力，特地取天時、地利、人和之意，創立「三合會」（也稱為「天地會」、「三點會」）。

且為擴大勢力範圍，故意將組織起來的團體，一起向清廷詐降，因此，後來他便掌握住運河上搬運糧食的權利——這就是所謂的「青幫」。

中國的運河，是南北食糧，及其他貨物運輸的交通大動脈，它的功用，就相當於人體身上的血管。

一旦運河被控制閉鎖，則這個國家的「生命」，馬上就要被迫停止。

在紀元前五百年左右的春秋時代，歷史上有一段著名的吳越之戰，吳王夫差的父親闔閭，為了運輸計，而開鑿連通太湖的運河。

自此之後，經過歷代的增修，尤以隋、明兩朝，對此事特別注意，所以運河已從北京，迤邐綿延至杭州。

萬里長城和大運河，是中國古代二項偉大的土木工程。

隋代時，煬帝開闢運河的動機，大多是為遊樂玩賞。雖也使後世得到不少便利，也因而留下無數悲慘的故事。

煬帝於大業元年（六〇五年）開通濟渠，從洛陽的西苑，引穀、洛二水，繞洛陽城南，東到洛口（今河南鞏縣北）入黃河；然後沿黃河東到坂堵（今河南汜水縣東），引河水經滎澤（今河南鄭縣西北）以北入汴水，再從俊儀（今河南開封縣）之東，引汴水經梁郡（今河南商邱縣）和彭城南境（今安徽宿縣）至盱眙（今安徽盱眙縣）入淮水。

而根據舊說，則是引汴水入泗水，然後再入淮。

總之，這段工程之繁浩，前後徵用河南淮北諸郡民伕，高達百餘萬人。

同年，煬帝又徵調淮南百姓十餘萬，把舊日溝通江淮的邗溝加以疏濬。

此溝原吳王夫差所開，自秦漢以至南北朝，一向就是江淮要道。

在文帝時期，也曾派人疏通，名之為山陽瀆。

到煬帝，益加濬鑿，引水自山陽（今江蘇淮安縣）南流，經江都（今江蘇江都縣）附近入長江。

如此一來，把穀洛水、黃河、汴水、淮水、邗溝、長江等連成一氣，對南北交通大有裨益。

煬帝所開的運河中，也以此二條為最耗力的工程，據計算，這兩條河的標準寬度是四十步，沿河築有馳道，兩岸並栽植楊柳，其壯美可想而知。

在大業四年，為征伐高麗，又徵調黃河以北諸郡男女百萬人，鑿治永濟渠。

並在大業六年開闢江南河，自京江（今江蘇鎮江）至餘杭（今浙江杭縣）共長八百里。大致仍沿古河道加以疏鑿。這條河的寬度達十餘丈，以便通行龍舟，沿河並設立驛宮與糧秣站……。

如此一來，北從都城洛陽，南到揚子江畔久享盛名的揚州，皆能暢行無阻了。

煬帝也因此帶領數千艘舟船，南遊揚州。這是眾所周知的事，不再詳述。

再轉到本題來，為掌握這個自古以來的大動脈，而組織起搬運工人介紹業、

運送業、鹽運，以及其他走私業的「青幫」首領天祐洪，確實頗具高人一等的眼光。

由上所述，我們可以說，青幫是從洪幫衍生的集團，所以中國二大秘密結社根源，按理是相同的。

分佈在亞洲的洪幫

諸如上述幫派叛亂的事，總是經常反覆地發生，另一方面，這些幫派也逐漸擴展到海外地區。

他們之所以要向外擴張，也是鑒於屢次叛亂的失敗，因而必須努力紮緊根基的緣故。

由天祐洪所率領的「三合軍」，轉戰各地，直逼四川省重慶時，由於副軍師——符四、田七，二人通敵，使得大軍慘遭失敗，天祐洪也因而受重傷。

實際上，符四與田七原本就是四川官吏的心腹，是詐潛入三合軍的。

憤怒至極的三合軍，把兩個人抓起來，挖出他們的心肝，更刺上八百多槍。

經這次慘敗的教訓後，同志之間，有個知識分子不入會的不成文規定，並且

也忌諱「七」和「四」的數字。

慘敗之後，同志們逃散各地，而逃向南洋一帶的人，就成為洪幫在海外的起源。在這些地區，又有自稱為清水會或雙刀會的。

清末時，廣東桂平縣金田村發生的太平軍叛亂一事，是以自稱「天王」的洪秀全為主腦，一度率領水陸百萬大軍占領南京，並建立太平天國。

最初，太平天國取得各地三合會首領的贊助，還互相聯絡，而英、美也對其政治加以承認，可是由於內部的糾紛，建立十五年的天下，仍是不保。

於是同志們，又陸續地向南洋方面逃逸。據南洋文獻的記載，某處的金山，就曾在一夜之間，出現數千名華人。這即是逃亡中的一個團體。

其中也有逃到台灣來組黨結盟的。

所以這些海外的組織，與其說他們只是一般普通的移民所組成，還不如說這是在中國境內亡命而來的華人所建立的。

後來在美國等地，這些組織，也有逐漸演變為強盜、殺人等暴力集團，以致於發生不少問題案件。

中國革命之父——孫中山先生，藉著各國華僑的資金，和秘密幫派的力量，

來鼓吹革命運動，是不爭的事實。而且也曾以橫濱，作為在日本的活動中心。當時革命的團體，稱為「興中會」。

在有關孫中山先生的許多傳記中，曾經幫助過孫中山先生的人，如鄭弼臣（鄭士良），一定會在傳記中出現。

他是三合會的一位首領，在夏威夷的時候，將孫先生以在美華僑的身分，介紹給三合會（致公堂）的人。

孫、鄭兩人在廣東惠州武裝起義失敗後，就逃到日本，並結交了宮崎滔天等人。

我們可以說，結合反清諸團體——秘密結社，並把他們反清復明的忠君報國精神，變做種族革命精神的人，就是孫中山先生。

自白蓮教開始，長久以來的秘密結社，從此也就以推翻清朝為其主要目標。

洪幫的種種規律

洪門是以宋代的「梁山泊」為其根源，各地的首領，不管是山主或寨主，均統稱為「龍頭大哥」或「龍頭老大」。其中並立有許多誓言，諸如：

「你的父母，即是我的父母；父母兄弟的埋葬，有錢出錢，無錢出力。」

「不管洪家的弟兄來自何地，都一視同仁，一宿兩餐，盡其禮數。」

「兄弟的妻女姊妹中，有奸淫者，必誅殺之。」

「入門以後，凡後悔者，亦必殺之。」

「入門後，必須忘卻兄弟間的舊仇，不能做出同門相殘之事。」

「若有洩露洪門的暗號，或秘密者，也必殺無赦。」

它的律規，共有二十一則、十禁、十刑之多。如：

——幫員證借給他人看者，削掉雙耳。

——私通兄弟之妻者，處死。

——起義時，退縮藏身不出者，削去雙耳。

——欺侮弱小的兄弟，削去雙耳。

——不得拒絕貧困兄弟的借貸。

——賭博時耍詐、欺騙弟兄錢財的，鞭笞七十二下。

且自古以來，洪幫的暗號文字，即非常複雜，例如「川大丁首」是意味著「順天行道」。這是取字的偏旁而成的。

又如數字「三六」則是代表新會員，等等不勝枚舉。

接著是它的暗號。如稱會員為「香」或「豪傑」。

稱秘密文件為「海底」。

稱女性為「陰馬子」。

稱海為「大天」，船是「平子」，旅行是「遊線子」。

又如一般生活起居用品，稱帽子是「雲蓋」，飲酒叫「收玉子」，狗是「蚊子」；米是「砂」；吃飯叫「收粉子」；手帕是「柳葉子」，衣服是「行頭」。

又如關於人物方面：臉是「扇面子」，耳是「順風子」，而把姓氏中的「陳」叫「煙河里」。

又如幫派常遇且常用的黑話：監獄是「書房」，手鎗是「噴筒子」，解決是「落角」，報仇叫「報赤壁」，要錢叫「吃血」等等。諸如此類，我們僅只是舉出一些例子，好讓讀者知道大概。

其他還有在街上連絡用的手勢，及以酒店茶碗等作的暗號（茶碗陣）。更有用流行的名字，配成各種的問答形式。

二、囊中的裸妃

君主時代的皇帝，除皇后以外，還擁有無數的嬪妃、侍妾等後宮佳麗。

現在就以清代後宮為例來談談。

首先，我們從清代後宮的妃嬪們，以怎麼樣的順序，被帶上龍床（皇帝的寢宮），這個問題開始說起。

在上一節，中國秘密結社的話題中，我們曾談到，清代是由外族入主中國所建立的王朝。

所以，為預防皇帝被暗殺或下毒等難以料想的意外發生，因而在後宮也採取許多萬全的措施。

同時清朝歷代皇帝對周圍的人、事物，也都具有強烈的猜疑心。

即使對於採取嚴密措施的後宮，在他玩樂之前，妃嬪也必須接受極嚴格的身體檢查。

而對於晚上，服侍妃嬪的挑取，一般都在晚飯時間，由宦官所帶來的妃嬪名

牌（綠頭牌）中，隨意翻出一張，然後指名要她。

妃嬪中光是正式封爵的，如美人、貴妃等，就有數十百人，因此，宦官也不可能把全部的名牌帶來。

所以，除皇上特別屢次指名的以外，宦官就依照情形攜帶名牌前去。當然，這樣的宦官自然也吃香的很。

假使皇上當天感到很疲倦，不翻點名牌，那夜也就作罷了。

※ ※ ※

當皇上已決定，某幾人為今夜侍候的妃嬪時，宦官就趕快將「綠頭牌」掛在那名妃子居室的門上，好讓她早有準備。

宦官是指「去勢」的男人，這些人大多是自己割掉男性機能的後宮御用人。若是不合這位宦官的意思（沒讓他吃過甜頭的），即使是妃嬪，也難進皇帝寢宮一步。

例如：「萬歲，某妃本日，身體欠安，不知能否令您滿意？」或是：「比起某妃來，某妃更好，而且容色也最佳。」

等等一句進讒的話，立刻順序就顛倒了。

因此，這樣的宦官便受到妃嬪們，誠惶誠恐般的招待，而他也就成了皇帝夜間「活動」的支配人。

要附帶說明的，「萬歲」是臣下對皇帝的稱呼，指皇上能壽命綿延，長生不老的意思。

白樂天以「後宮佳麗三千人」，來形容歷代後宮嬪妃之多。其實，玄宗皇帝時，實際上號稱擁有嬪妃四萬之眾。

清朝方面，縱使不能與之相比，但是畢竟宮人也太多了，一定難免有皇帝印象模糊的妃子，也因此，才容得了這樣的宦官逞陰謀。

所以嬪妃，甚至皇后，都要贈送金品給他，先使他馴服，不會做怪，事情才會順利。

然而，也有因怠慢或得罪他，而產生悲哀下場的許多例子。

※　※　※

妃子的門上被掛上「綠頭牌」的宮嬪，就像中了特獎般，高興的魂都飛了！於是馬上令宮女們，幫她沐浴淨身。

一般的女性，大概會認為，香是薰染在空中，或是塗抹在身上用的。然而服

下香料，而隨著發汗，散佈香氣的方法，她們恐怕連作夢都難以想像得到。

在中國古代，這種喝香料的風氣，曾經流行過一段時間然而不論男女，這全都是為了吸引異性而使用的。

聽說在歐洲人當中，似乎也有人喜愛狐臭的氣味，他們大概也以為這樣會有誘惑的效用。

待一切都已準備妥當，妃子就靜靜地等候宦官，前來迎接。

估計時刻差不多而來迎接的宦官，便會令妃子，將衣裳全部脫掉，一絲不掛地裸露出玉體來。

在仔細的檢查之後，認為「ＯＫ」，就用羽毛袋，將妃子裝在裡面，然後再扛抬到皇帝的寢宮。

因在後宮裡，也有這種要用到力氣的差事，所以，像宦官這樣的男子，也是必須的。

但是，他們卻有比皇帝早先一步，來鑑賞如珍珠般，輝耀瑩滑的裸體美妃們的榮幸。所以，皇帝心中也許恨得牙癢癢的也說不定。

總之，一年到頭他們都可以隨心所欲地欣賞從天下選拔出來的裸體美女。所

以，擔任其事的宦官，也就具有美人鑑定家般，具有一流的眼光。

而且，不只是外觀而已。翌晨，他也能聽到，皇帝所發出埋怨或讚賞的話。所以，就是「內容」方面的鑑定，當然也達到一流的標準。

因此，比起現今某某美人競選會中，那些審查員，這是有一點格調層次上之不同。可能宦官還有過之而無不及。

被帶到寢宮的妃子，從袋子裡出來的時候，就再穿上準備好的衣裳，重新整粧一番，等待皇帝的蒞臨。

※　　※　　※

閱讀中國野史時，常可發現到，自古以來，君王與愛妃，在進入寢宮之前，比起世俗一般「一氣呵成」的作法稍有不同。帝王們先召來中意的妃子，或與助興有關係的人，在就寢之前展開宴會。

有了宴會，所以特別要從國內外，收集所有的名酒或料理，只見陳列滿桌的山珍海味，宮娥們載歌載舞，再加上詩詞的應答，益發地增長睡前的氣氛與熱鬧。

妃子的臉頰，從些許的微紅，如今也轉變成嬌艷燦爛的酡紅，最後，終於將臉伏臥在皇帝胸前，現出不勝酒力的嬌態。

關於料理的總類，根據記錄，從數十品以至高達百餘品不等。

這實在是我們一般平民老百姓，難以想像得到的。

至於這些料理，為了增強皇帝的精力，當然由宮廷的御廚，耗費許多心血，才調製完成的。

舉凡一些可以助長「精力」的東西，都被拿來當作精力料理，其中有的竟是異想天開般的料理。

中國料理，被譽為世界第一流的料理，而名聲遠播。顯然是當之無愧的了。

但反過來說，這也可以說是，拜歷代專制君王所賜。

例如，在一般普通料理中，大家所公認，最好吃的料理之一——「魚翅湯」。

這道菜，就是明末清初，被當作宮廷的「精力料理」，以後逐漸傳到民間，也就普及起來了。

順便附帶一提，當初的魚翅，大半都是從南海——安南郡，亦即馬來西亞、印度、伊蘭附近等地，靠海運輸入中國的。

這些地方，到處都有魚翅的專門漁村。

總之，在宴會中吃精力料理，增強「馬力」，正是為在適當的時候，做好準

備。

滿室薰香撲鼻，香煙繚繞，琉璃罩住的蠟燈，交相輝映之中——終於休息的時刻來到了……。當然，這以後，再怎麼富貴的帝王家，也跟一般老百姓，以同樣的方式進行著。

※ ※ ※

從二千多年前漢代的帝王，以至於到後來清朝的天子（開國始祖，則另當別論），他們一般平均壽命，都非常短，幼帝出現的頻率很高。

在漢朝時，大概皇帝在三十歲前後就駕崩了。而清代十歲以下的幼帝，就有六人之多。這意味著什麼呢？

皇嗣這些人，就像花蝴蝶般地，小心翼翼地被後宮的女官或宦官們，撫養長大。必然地，在體力上也就較柔弱。

而且他們玩伴，全是女性，因此，在遊戲中就被「私授」了男女之道。

在十幾歲登基，受命結婚之前，早已累積非常充分的訓練，所以關於此道，確是讓人吃驚的「高手」。

所以，上了床後，帝王和一般庶民，別無兩樣，但是其調情作樂的內容，可

以說是，具有博士級的資格！想像那些，剛從民間，經過精挑細選、初來都城的姑娘，與這個「本事」高超的皇帝做為對手，突然遇到如此轟轟烈烈地場面的情形，不禁令人義憤填膺，大喊不公平之至。

※ ※ ※

也不管好壞，當清帝與裸妃行房「大概」完畢，時間將到時，站在內外值班的宦官，就高喊：

「時間到了！」

毫不客氣地命令兩人中止。

這實在是大為掃興，不過為維持皇上的體力，也是事出無奈。

接著仍又脫下嬪妃的衣裳，再裝入袋中，帶回妃子的居室。

然後幫她穿上衣服，且又安慰她辛苦了。機伶的妃子，此時就該重重地賞賜他了。

總之，人類最大的慾望，必須有所節制，因此，宦官不為外人所見的無形權力，由此看來，實在驚人。

翻開中國史，後宮所有的場合，都有宦官出入其間。但是，在宮廷裡惡宦官

也並不是到處充斥著。

像明朝的鄭和，率領六十餘艘大艦隊，從印度遠征至非洲的英雄也有。

又如「蔡侯紙」的發明人蔡倫，也是東漢的一個宦官。

預防暗殺，到如此徹底的地步，使得妃子個人的隱私權，就如唾液一般地不值錢，甚而連後宮房事，也被控制的皇帝，曾有真正的歡愉可言嗎？

這的確是個耐人尋味的問題。

三、美女的狩獵

日本在德川幕府時代，曾有這樣的成規：天皇有十二妃；諸侯八嬪；大夫五嬙，士二妾。這是代代的將軍，必須服膺的戒律。

服膺戒律，使戒律更具威嚴與光輝，這是在上位者必然知道的。然而知道與真正去做，又是另外一回事。

因此德川幕府傳到十一代的家齊氏時，他終究按捺不下，就堂而皇之地打破戒律，服侍他的女性，老少合計，就有四十多位，生養的孩子，據說，總共也有五十五人之多！如果正式統計，或許比這數目更多。

但是真要論及「此道」，那麼比起我們中國古代帝王的話，家齊四十多位侍妾的數量，真是小巫見大巫了，恐怕連「優等生」的排行榜，也沒他的份了。

在古代的中國，為了妃嬪們的一切開銷，有時甚至還要對百姓暴徵重斂。所以，在色豪皇帝統治下的老百姓，是苦不堪言的。

關於古代中國帝王後宮的嬪妃，她們的來源是怎麼樣的？帝王獵艷的過程又

是如何？我們在此，稍作說明。

有關挑選美女進入宮廷的辦法，歷代王朝的制度，不盡相同。而運用之妙，更是存乎一心。

遠溯至漢一代，當時的體制是：每年的八月實行「戶口調查」。

這種調查是由宮中妃嬪住所的監督官員，以及相當於管理員身分的掖庭令，所編成的一支調查團進行。

漢代美女的獵取，也就靠「她」們，到民間仔細搜查而獲得的。

首先，先依據事前得手的「情報」（如星探一樣也有情報販子），訪問洛陽城內外的良家美少女。

而她們所希望的少女，大致是十三歲以上，二十歲以下，容姿端麗，人品架勢，樣樣都適合妃嬪本應具備的氣質，才能入選。

當然，只要掖庭令覺得滿意，女方就逃不掉了。

然而選的人是隨心所欲；被選上的良家女，卻未必是心甘情願的。因為一入後宮，若未蒙皇帝寵幸，則這一進去，就像被關進監獄一般。

因此，不少的平民家庭，有些為替女兒著想，當調查團來到之前，趕緊就把

女兒嫁了，這例子也是不少。所以有個漂亮女兒的雙親，也夠擔驚受怕的了。

當調查團認為這少女可以，就被送進後宮，再由特別職位的官員，檢查她是否為完璧——再作一次複查式的判斷。

剛才提到的是，挑選良家的美少女。

但是，良家並不一定生美女，因此，也有挑選微賤出身，亦即貧困家庭的姑娘。

為此，漢代后妃之中，就有許多是貧賤出身的。

曾經遣張騫出使西域，開拓「絲路」，打開中西交通管道，而名揚青史的漢武帝的母親——王太后，正是寒門子女。

而武帝的第二位皇后（第一位皇后是陳阿嬌）——衛子夫，也是出身寒門。

除了從民間挑選而來的美女，漢惠帝娶其姊姊的女兒，也就是他的姪女為皇后；漢哀帝則冊封表妹為后，等等近親聯姻的情形也有。

後漢的美女狩獵制，大體也和前漢一樣，但是隨著漢家勢力的衰微，美女的搜查，也就形同掠奪強取一般了。

到唐代，皇后的挑選法也進步了。

唐代為擴張版圖，曾不斷地與外敵發動戰爭。被殺虜的敵人，若他們的妻女中，有以貌美而出名的，就毫不客氣地，將她們帶進後宮。

即使到外族入主的元代，也命令司職官員，到良家民宅，去物色中原美女。當時遴選的標準是：大郡挑選三人，小郡二人。而且在政策上，對進入後宮的漢女給予非常優渥的禮遇。

元朝是蒙古民族，和今日的韓國——當時稱做高麗，有很深的關係。所以，當時的高麗，也進貢許多的美女。

從成吉思汗為始祖算起，第十五代的順帝皇后，正是高麗人。

到明朝民間的良家美少女，變得要到處東藏西躲。

因每當新皇帝登基，立刻就在全國的各個角落，遣派出美人狩獵團。

當這些人，一得知某某人家中有美女，便不問青紅皂白，胡亂地前往該家，在他家門口貼上黃條紙。

被貼上黃紙的人家，一點反抗的餘地也沒有，只能眼巴巴地看著女兒，被遣送進京。

因此，一些心不甘情不願的民家，一看到皇帝的美女狩獵團出動了，就提心

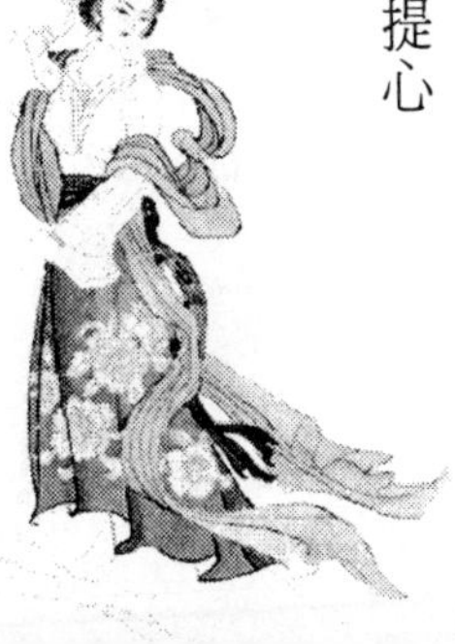

吊膽。當然，也有女兒被選上，認為無上光榮而沾沾自喜。

然而，被羅列至後宮的數千佳麗，下場卻不見得很好。除剛進宮時，讓皇上瞥一眼之外，終其一生，得不到皇上寵幸的姑娘實在太多了。她的美貌青春，唯有青燈為伴，而終老於後宮。所以難怪身為父母的，不願女兒進帝王家門。

至於美女的來源，根據統計分類，還具有其「地域性」。中國被稱為出美女的勝地，是蘇州和杭州，也許風景優美的地方就出美女。到清代，儘可能是從皇族出身的滿洲族中，挑選后妃。然而滿洲族，也並不一定全是富豪之家。

舉個例子來說：

乾隆皇帝，曾徵召全國碩學鴻儒的才力，合編成中國史上，最大的一部叢書——《四庫全書》。他也締造清代六十年的太平盛世，文治武功都相當的輝煌。可是，在另一方面，他對反抗的漢民族，實行言論制壓政策（文字獄）；且凡認為有悖清政策的書籍，全部燒毀。

而乾隆的母親——考聖憲皇后，正是出身滿族的貧戶。

考聖憲皇后出生在內蒙古，是熱河承德街上的一戶貧家，當她年紀還小時，就得為柴米油鹽，終日奔波勞碌。

在她十三歲時，一家為謀生計之故，只好移住北京。

這時，親戚的女兒，被選入後宮，為了送行，她也跟到宮中。

未料，司職的官員誤將她也記入名冊中。雖說這是官員的錯失，但事實上，那麼多個漂亮的美女，誰不眼花撩亂呢？

官員後來也發現錯誤，然而這麼重大的事情，竟然出痞漏罪刑可是不輕。於是拼死隱瞞，就這樣，她也成了被選上的姑娘。

不知是什麼幸運之神在庇護著她，進宮之後極受雍正皇帝疼愛，生下第六代的乾隆皇。

另外，要附帶補述的：

上述的《四庫全書》，是收集清代以前，中國大部份的書籍，總共動用了三百多名學者，花了十餘年的時間，才編纂而成的。

計有三萬六千餘冊，若是要一一說過，恐怕也要花上四、五百年的時間。

清朝末期出現了一位堪稱是「叱吒風雲」的「女傑」，她正是眾所周知的西

太后。

在她晚年，耽於淫慾，過著奢侈浪費的生活；每一餐，御膳房都得陳列百品以上的料理，供她享用。

她並且挪用軍艦預算，來建造頤和園，使清代步向腐敗滅亡的命運。

但是，她幼時也曾跟家人一同流浪，還曾被賣到廣東的富人家裡當歌女，最後被咸豐看上，才有窮極半生的富貴繁華。

算來她也是滿人的貧家出身。

關於西太后奢侈浪費的程度，到了怎麼樣的地步呢？

在她臨死之前，曾親自收集準備殉葬物品，其中的一項是翡翠。

民國時，某一軍閥，挖掘她的陵墓時，據說發現二個有西瓜大小的翡翠。且她的屍體，還是栩栩如生。

這種現象，大概和最近被發掘出來的馬王堆裡死的軑侯夫人一樣。

關於美女的狩獵，想出最徹底方法的，莫過於西晉武帝（司馬炎）了。

他的狩獵辦法是，向全國發布女子不准結婚的命令。

這簡直是無理的命令！

命令發布後，便讓「美女選拔使」，到全國各地，一見有美女，無論天涯海角，也要把她帶到後宮。

不過，西晉武帝也有「氣喪」的地方，那就是皇后的緣故……。

因為進入後宮，美女的選拔，全是由皇后執行的。

據說他的皇后嫉妒心很強（或也可說是賢淑的關係），若是容貌太過冶艷，「賢明」的皇后，怕因而迷惑皇帝的心智，就全部讓她們落選。

所以所選的妃嬪，只是那些容貌端正的姑娘而已。

不要說這個皇后，我想即使是每一個皇后，在這種情形下，都會這樣的。

當武帝結婚禁令，下達民間之後，一時之間，引起一陣大恐慌。

富豪名門的女兒們，為避免「厄運」臨頭，趕快讓女兒換上粗劣衣褲，又在臉上塗墨，披散頭髮，裝扮成一個醜婦的模樣，來逃避此難。

如此一來，頓時天下美女盡失，剎那間，變成一個令人作嘔的恐怖世界。

總之，中國美女網羅法（狩獵法），大概就如上文所述。

然而，後宮人數究竟有多少人呢？相信大家也想知道吧！

前述的西晉武帝，後宮裡本來就有五千名左右的美女。

但是，當他打敗吳王孫皓後，又擄來孫皓後宮美人，也大約有五千多人，所以，全部總計就高達一萬人以上了。

這麼一來，即使是皇后也束手無策，無法一一挑選了，而武帝也不知如何應付這批娘子軍，連辨認都有困難。

於是想出一個辦法：讓曾經與他發生關係的女子，在她的手腕上佩帶紅章，以資辨別。

最後，更演變成：駕著羊車，巡行後宮，然後看羊車所停止的地方在那裡，就與那美人共寢。

因此，據說嬪妃們，就在門口，插上羊兒愛吃的草葉，並在地上撒鹽，好讓羊兒為了嚐這些美食，而停下車來。

現在日本的高級料理店，在門前，都有所謂的「盛鹽」（撒鹽在門口），不知是否從此而來？

這也只有請教於民俗學方面的學者專家，才能得知。

四、梨園的名優玄宗與李龜年

「梨園」這個辭語的創始者，是唐代的玄宗皇帝。

在初期「梨園」的名優中，玄宗皇帝與楊貴妃，當然要包括進去的，然而，被公認是梨園第一把交椅的，則要算是李龜年。

他是著名的樂工，又擅譜新曲，才華四溢。他在繁華的盛唐，曾綻放出無比的光輝。

當然也受到玄宗非常優渥的寵愛，即使是唐代的大詩人李白、杜甫，也都要為他讚嘆不已，稱得上是譽滿全國。

「梨園」，乃是玄宗皇帝所設立的「樂技場」，它位在長安的蓬萊宮旁的禁苑內。是樂工、優伶的培育所。

由於其中遍植梨樹，而得此名。

這地方可說是演戲、雜技、音樂等等技藝薈萃的「綜合研習所」。

其中有玄宗親自精心挑選出來，深具稟賦，且特別優秀的研究生，共有三百

名在此學習。

他們被稱做「皇帝梨園弟子」，玄宗自己也偶爾指導歌舞、樂工的排練，算是音樂家皇帝。

在洛陽方面，也設有「梨園新院」。

皇帝直屬的「樂技場」，不受外在因素的干擾，而且皇帝本身，既是教授，也是演員，這在歷史上，實在是曠古絕今，特異獨行，無與倫比的創舉。

而有關李龜年的生平、籍貫等等，很遺憾地，一點也沒有資料可供參考。

玄宗創立梨園時，李龜年獲賜一座大宅，就座落在洛陽的道通里，好讓他專心地研習新曲。

玄宗對他寵愛的程度，由此可以想像了。

再說到洛陽，它以一個「逸樂之都」而更要凌駕於長安之上，此處建有一座華清宮，在華清宮中，有玄宗與楊貴妃二人的專用浴池。

連白樂天的『長恨歌』也寫道：「春寒賜浴華清池，溫泉水滑洗凝脂。」

玄宗皇帝就這樣，時常往返於長安、洛陽兩個都城。

至於，讀者一定會覺得，玄宗實在太會享樂了。而事實上，這種往返來回，

也是迫不得已的。

因為中國古代是以農立國，而農人對於水旱蝗害等，是全無抵擋能力。

因此，若關中收成不好，鬧飢荒，首都長安城內，便有遊民流竄，而皇宮裡的食糧，當然也會有所欠缺，皇帝在不得已之下，也只好親率三宮六院，文武百官「巡幸」洛陽去。

所以，傳說唐中宗在食糧短缺時，也不禁苦笑言道：「朕猶如逐糧天子啊！」

在上位的人苦笑一下，也就了事，然而農民百姓們，可就苦不堪言。

唐代開元十二年（七二四年），玄宗率領宮嬪百官，移居洛陽。

並於此時開始準備，要前赴泰山舉行的封禪大典。（以土祭天謂之「封」，祭山河則稱為「禪」，這是自秦以來，天子必行的國家大祭之一。）

所以，在往後的三年，洛陽也因而成為政教中心，玩樂的項目，更顯示出空前繁複的盛況。

李龜年活躍在此繁華的盛世。玄宗所到之處，就有李龜年與他所屬的樂團隨侍在側。

此外，李龜年也常出入於侯王公卿的宅邸，比如岐王李範、寵臣崔九等。

詩人杜甫當時，才年僅十四、五歲，正寄住在洛陽叔母家中。

對於洛陽這種燦爛的高度文化，實在非常迷戀，在充沛的情感不得不發洩之下，便以一個少年的身分，開始提筆賦詩。逐漸地，他的名聲也漸傳開。

而後，經人輾轉介紹，他來到岐王與崔九的府邸，在這裡他碰巧聽到，風靡一世，人盡皆知的李龜年的歌聲。

多情的杜甫，聽到這種「此曲只應天上有」的歌聲，也因而感受到，一生永難忘懷的激情。

關於李龜年這人，音感的出眾，有以下事蹟流傳著：有一次，在岐王宅裡，他聽見鄰室傳來的琴聲，隨即說道：「這是隴西人所彈的。」

「那是揚州人彈的。」

在座的人，不可思議地問起岐王。

果然不錯，前者正是隴西名手沈研；後者則為揚州高士薛滿。

大家聽了岐王的介紹，不禁讚嘆不已！

現在如有鋼琴名家的演奏，不知是否有人，在老遠的地方，就能分辨出彈者是那一國的名人。

若有的話，那麼他（她）應該也算是個天才了！

而在樂器方面，李龜年所精通的是觱篥和羯鼓。

但是，羯鼓這樂器，玄宗還要比他更勝一籌。

有一次玄宗問他：「到目前為止，你擊壞多少根棒子？」他答稱有五千根之多。

玄宗隨即笑道：「朕比你更多。」所以玄宗在那時代，也就好像現在獨佔鰲頭的名鼓手一樣，享譽盛名。

且當他指揮梨園樂工演奏時，三百人的大樂團，霎時絲竹齊鳴，其中若有十人調錯音、打錯拍子，他隨即就能指正出來。

因此，也可與李龜年的音感，相互匹敵。

現代管弦樂團中的指揮們，能像玄宗這樣的人才，大概也很少。

至於激起玄宗對音樂的狂熱，那是在楊貴妃「登場」以後的事。

楊貴妃本來並不是玄宗的寵妃，他最初是玄宗皇子，壽王瑁的愛妃，然而卻被千挑萬選的玄宗看上了。

玄宗強迫壽王，放棄楊玉環，而自己又不好強娶她入宮，於是倣效高宗送武

則天入道觀一般，也送楊玉環去當道姑，最後再讓她還俗，佔為己有。

因此，玄宗從一開始，就甘願冒著「扒灰」之名，讓後世的人，以此做為笑柄。

楊貴妃本身也很喜好音樂的，為討玄宗的歡心，所以常在宮中舉行音樂演奏會。唐代之所以在音樂方面，能夠更上一層樓，此亦原因之一。

所謂「上有所好，下必有甚焉」，既然皇上如此著迷於歌舞，所以在當時，從新豐（現在的陝西省）這地方，就獻來一位絕世的舞者，名叫謝阿蠻。

既有了生力軍，楊貴妃為此，也催著玄宗趕快編置伴奏的樂團。

說起這樂團的成員，可是個個來頭都不小。

玄宗自身充任鼓手，打擊他最得意的羯鼓，又邀請哥哥寧王李寬，來吹奏玉笛，楊貴妃彈琵琶，李龜年則是吹觱篥。

另外，又從梨園，請來要角馬仙期奏萬響（木琴，是由十六片細薄板子組合成的打擊樂器），又有箜篌（豎琴）名家張野孤，雲板高手賀懷智等，一起來伴奏。

最後，又加上宮廷的大型合唱團，舉行了一次空前的歌舞演奏會。

據說，這次盛會，從早上，一直持續到午後才散會。

而關於李龜年作曲的才華，也流傳一個有趣的傳說。

玄宗有一回，在宮中的沉香亭，觀賞芍藥，當然，宮中樂團，也在他的身旁演奏。

然而，玄宗突然說：「有名花美酒，更有絕色美女，可是全都是一些老歌，多麼沒趣！」

便命李龜年親自召喚李白前來。

此時的李白，正在那有名的「長安酒家」，醉得一塌糊塗，但還是被強行地帶入宮中。

入得宮來，酒意仍然未消。於是便往他臉上潑水，玄宗也親自為他擦嘴邊的涎津等等，經過一陣忙亂後，好不容易，李白酒醒過來。

接著，他要光著腳丫子，尋求靈感，可是，靴子不會脫了。

玄宗於是命宦官——高力士，為「詩仙」脫鞋，大牌的「詩仙」，不齒他的為人，鄙棄地罵道：「讓你脫我鞋，豈不弄髒我鞋？」弄得高力士，窘態百出。

這還不夠，又要楊貴妃為他磨墨，甚至還勞煩玄宗幫他捧硯。

幾度折騰，終於萬事俱備，就欠東風，李白要來催化劑——美酒，才寫下一首新曲——「清平調」。

雖然喝得爛醉如泥，但是李白終歸是李白，這首詩，成了後世文學史上的名作。難怪人稱李白「斗酒詩萬篇」。

這首詩的起頭是：

「雲想衣裳花想容，春風拂檻露華濃。

若非群玉山頭見，會向瑤台月下逢。」

以此為首，前後共有三節。

李白醉歸醉，心裡大概清楚得很，所以才把玄宗座下第一紅人高力士，數落得醜態畢露。對這位少了男性特徵的大宦官，膽敢視若無睹，心存蔑視！所以後來，李白也因高力士的讒言而去職。

這且不談。總之，李龜年也就趕快倚詞而填奏新聲了。

詩，是天下第一等人的傑作；曲，又是天下第一流的作曲家所譜；歌唱者也是天下第一的聲樂家。

據說玄宗、楊貴妃，及群臣們，凡是在座之人，莫不聽得出神。

緊跟榮華之後，玄宗與楊貴妃的悲運降臨了，所謂「樂極生悲」，本是不用再多加說明的道理。

認一個比自己還年幼的楊貴妃作母親，而努力奉承巴結的混血胡兒安祿山，在自覺羽翼豐滿後，就圖謀造反了。

這一來，使得玄宗不得不棄長安而逃往四川。

在赴蜀的途中「三軍不發無奈何」，玄宗為消解三軍將士的怒氣，不得不將他最愛的楊貴妃賜死。

由高力士用三尺素綾，將楊貴妃勒死。

絕世的艷妃，就這樣淒寂地走上黃泉之路。

而玄宗一手親創的梨園弟子們，也四處逃散?行蹤不明。

至於李龜年晚年的命運，也是極為坎坷。逃離京洛之後，隨著難民潮，輾轉流徙到潭州，也就是現在的湖南長沙，過著極度落魄的生活。

據說，他在潭州，緬懷舊時富樂的情形，於是發聲為歌，所唱的歌，都非常悲痛，連南方人，也要為他的遭遇而落淚。

像李龜年的歌藝天才，實在是無人能及的「曠世絕才」。

慶曆五年（七七〇年），杜甫浪跡至潭州。不料在殘老衰病三年，與天下獨一無二的音樂天才相遇。轉而一想，那已是遙遠的少年時代了！在洛陽岐王和崔九府宅中，自己所欣羨的李龜年，是何等地星光四射。

當初的繁華盛景，與如今蕭條流離，竟是如此強烈的對比！杜甫不禁淚流滿懷，於是寫下「江南逢李龜年」的詩句：

岐王宅裡尋常見，崔九堂前幾度聞。

正是江南好風景，落花時節又逢君。

記載李龜年晚年，我們所能找得到資料的，也只有這首詩了。

同年，在潭州又起動亂，有人說，李龜年就在這時候與世長辭了。

五、中國的「彈詞」

所謂「彈詞」，其實是由唐朝的「變文」蛻變而來，而「變文」，是受印度佛經影響產生的，最初就是一種說說唱唱的形式。

清朝時候，在中國民間已發展成一種講唱文學，但最主要，還是盛行於南方。

至於在北方，則稱之為「鼓詞」，但又有人稱它為「寶卷」。

總之，此三者名稱雖異，形式卻是一樣的。

在當時的文學作品中，外國人最熟悉的，有《聊齋志異》、《紅樓夢》、《官場現形記》等等。

而「彈詞」這東西，與這幾部有名的文學作品，有點不同，其最主要的不同點，就是在表現手法與技巧上。如果說清楚些，就是指彈詞這方面，算是屬於一般人民所較喜好的藝能文學，是屬於較「平民化」的一種文學。

彈詞大都是按照文字逐句彈唱的。

其中有科白，所謂「科」，指的是動作，「白」就是賓白，也就是對答式的

辭句。

也有敘事詩。至於其話語腔調，大體可分為吳語（蘇州方言）、閩南語（福建方言）、粵語（廣東方言）以及標準國語（即北京話），四大類。

再說到內容方面，所彈唱的事情，涉及整個社會。

但其中取材最多的，還是有關人情方面，尤其是才子佳人的故事，因為這是最符合大眾的口味。比如「珍珠塔」，就是一篇非常有名的作品，有關其情節，是這樣的：

在河南省開封府的禪祥縣，有一位姓方，名鄉的年輕人……。

方鄉原本是京城一位達官的後裔，由於父親被奸人陷害，家裡又遭火災，父親因而死亡，於是剩下母子二人，孤苦飄零，相依為命。

當方鄉十九歲的時候，母親楊氏考慮到方鄉的將來，因此，勸他去投靠在湖北省襄陽縣的叔父、叔母，並變賣家中僅有的財產，作為旅費，送他出門。

以前，在中國，即使女性結婚，照樣還可以使用娘家的姓，不必加冠夫姓於其上。

所以，方鄉的母親本姓楊，就稱「楊氏」，但孩子還是從父姓。

母子二人原已夠孤苦了，現又將分離，雖然是很悲傷的事，但方鄉還是揮淚別了母親。

方鄉一路上，餐風露宿，終於來到襄陽的叔父——陳璉家中，但是，叔母卻把他當作是白吃飯的乞丐一般，極其冷淡地對待他。

讓方鄉感受到人情似紙張般地淡薄，然而仰人鼻息，寄人籬下的生活，也實在是無可奈何。

屢受叔母的冷嘲熱諷，也唯有在心中暗自嘆息自己多舛的命運，最後，他決心離開陳家。

為母親苛薄、勢力的態度，深感過意不去的表妹陳翠娥，見表哥離家而去，就隨後追來，偷偷把金錢和自己珍藏的珍珠塔送給他。

在踏上黃州的旅途上，方鄉非常感謝賢淑的翠娥的用心。

禍不單行，在黃州，方鄉遇上了第二次的災難——他遇到一名叫邱六喬的強盜，被搶去了寶貴的珍珠塔，自己也差點遇害。

幸而皇天庇佑，為路過的提督畢雲顯所搭救。所以方鄉就到南昌，寄食於提督的門下。

畢雲顯非常賞識方鄉，於是促使他與其妹繡金訂親。

有一個安定的生活，方鄉想接母親來同住，因此，便僱人去迎接母親，可是這個人拿了錢，卻在中途開溜了。

而在開封一直苦等著方鄉出人頭地的楊氏，終於等不下去，也來到襄陽。

但當她在陳家，聽到他兒子的情形後，就懷著悲傷的心，開始追尋方鄉的行蹤。

經過千里跋涉，楊氏來到九松亭，卻聽到謠言說——有一個被強盜邱六喬拐騙，名叫方鄉的青年，已經被強盜殺死了。

一聽到這個消息，楊氏頓然發狂，失去指望，生命也覺得沒意義了！雖然她幾次都想跳河自殺，但卻被一位和尚所救，而住進了寺院。

六月十九日，這天正是觀音菩薩的聖誕。

經常到寺廟燒香禮佛的陳翠娥，這一天更是非去不可，無巧不成書的是，她意外地，又與楊氏相遇⋯⋯。

此時，方鄉已考上狀元，被皇帝派做七省按察使。

方鄉為試探叔母，於是仍以以前的裝扮，去拜訪陳家，可是叔母的勢利眼態

度依然不變。

方鄉自任官後，也是想盡一切辦法，尋找母親，幸好經過表妹翠娥的幫助，母子才能相見。

就在方鄉表明自己目前的身分，讓叔母知道後，勢利愛財的叔母，才深深後悔以前的不對。

故事的最後，方鄉自然是順利地迎娶陳翠娥和繡金為妻子。

把兩位賢叔的美女都娶作妻，似乎有點不合實際。

但類似的劇情，卻比比皆是，根本不足為奇。對當時一般民眾的那種感情有所挑剔，實在是不必要。

而主角方鄉最後成為大官，類似這個情節，應該可以說，都是在迎合觀眾的願望，所表現出來的「彈詞」形式之一。

當時的中國社會，是一個體制完備，條理不亂的龐大組織，只要能在科舉考試中出人頭地，就可以當大官。

這不正是一般民眾的一個夢想嗎？

接著，再舉一個由二位女作家相繼完成的「彈詞」，篇名叫「再生緣」。

這首彈詞，最初是由女作家陳端生開始撰寫，可是尚未寫完，就去世了。於是由她的朋友——同樣是一位女作家——梁德繩，加以編寫完成。

這是一個很有名的作品。中國近代著名的史學家陳寅恪，對此便有非常詳盡的學術論文發表。

這是以一位名叫孟麗君的女性為主角的彈詞。

麗君有一個已和她訂親，名叫皇甫少華的未婚夫。

皇甫和歐陽、尉遲、端木一樣，都是中國極少的複姓。

少華被一位名叫劉奎壁的人所陷害，而犯了罪，於是逃入山中，研習道術，也就是所謂的仙術。

另一方面，劉奎壁迷戀於麗君的美貌，用盡各種方法、手段來追求，麗君在無可奈何之下，幸而有一位名叫映雪的丫嬛，做她的替身，嫁給劉奎壁。

於是，自己就女扮男裝，並改名為酈君，後來竟也考上狀元，當上宰相。

另一方面，少華也改了名字，去參加武舉，得到最高榮譽的武狀元。

而很湊巧地，這時候的主考官，正是麗君本人，自然她也識得皇甫少華。

後來少華平定叛賊，並娶劉奎壁的妹妹燕玉為妻。然而麗君對未婚夫少華的

事，卻佯裝成一副不知道的樣子，對他與燕玉結婚，也不予置評。

但是，麗君女扮男裝的事情，終於到了暴露的時候了。皇帝懷疑她是女子——故意灌醉孟麗君，脫下她的靴子，而露出三寸金蓮。在古代女子是不能應試的，更何況當上宰相，犯下欺君大罪。但由於她才色兼備，更教皇上「垂涎三尺」，想要封她為妃。麗君被逼得走投無路，只好向太后求援，並說明前因後果，最後終於和少華結為夫妻，而高高興興地大團圓。

在當時一個「女子無才便是德」的重男輕女社會，有所謂的女作家，並寫下如此的作品，實在是一件不得了的事。

彈詞中對於字句，有嚴格的規定限制，因為它是一種講唱體，字句的音調，必須協和，才能達到賞心悅耳的妙境。

至於這限制，若能明瞭唐詩的作法，那麼，對彈詞也應該可以揣測得出一、二才對。

此外，在清朝以前，亦有一本叫「琵琶記」的劇本，是根據元代高明所著的劇曲「琵琶記」而來。內容是以東漢的大學者蔡邕為主角的戲曲。這也是敘述人

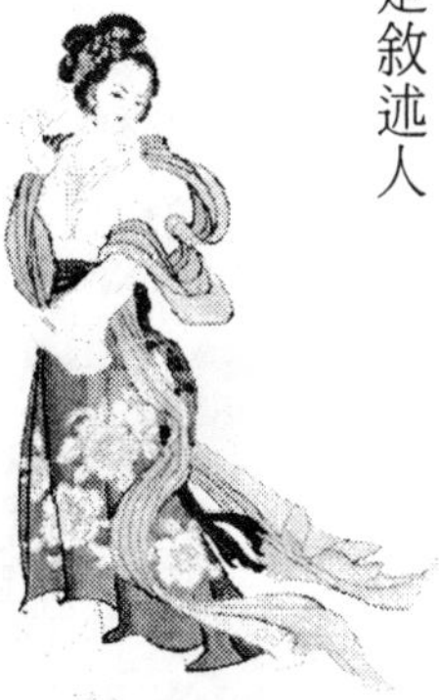

間最平實的感情。

蔡邕進京趕考，家裡卻窮困的很，其妻五娘，嫻慧端良，奉養公婆，毫無怨言。

在鬧饑荒時，甚至把得來的飯，留給公婆吃，而自己則偷偷地吞食糟糠。公婆見她一人，獨自在廚房「偷吃」，而不和他們共餐，大罵她不夠賢良，硬搶她手握的東西……。結果扳開一看，才恍然大悟。

公婆知道實情後，心中既慚愧，又感激，並怨恨他那不肖子，一去就斷無消息。

五娘盡心侍奉二位老人家，直到他們逝世，才上京尋夫。

不意探聽之下，才知蔡邕早已娶相國的女兒為妻，當了大官。

歷經多番波折與阻撓後，皇天不負苦心人，終於讓她和丈夫相會。

故事的結局也是一夫兩妻大團圓。

追溯彈詞的祖先，在上文也提到，是唐代的「變文」。

變文內容，包括佛教的故事，等於是講經，是變文最初的功用。而歷史的掌故，與杜撰而成，類似小說佈局的彈詞一樣，都是較後興起的。

在此舉一個佛教的故事為例——「目連救母變文」。它的情節如下：主角是一位名叫羅通的人，父母死後，出家為和尚，法號為「目連」，最後修成正果，升為羅漢。

於是目連藉著法力，到西天和父親相會，但是卻見不到母親——青提夫人。為此，他向佛祖哭訴，請求指引，才知道母親因吃狗肉，被打入地獄，受盡折磨。

於是他就到地獄去探尋，上刀山、過劍河、下油鍋，找遍所有地方，可是卻沒有找到。

最後，決定到「阿鼻地獄」去尋找。

目連要求獄卒，使他們母子相見，可是獄卒叫了青提夫人，青提夫人卻不敢回答。

那時候，青提夫人正被十八支大針，釘在鐵床，她想，如果回答的話，恐怕獄卒會把她移到更恐怖的地方去。

於是獄卒來傳話說，你出家的孩子在外面要和你相會，但她卻答說，她沒有出家當和尚的兒子。

後來目連通報說，他在出家以前叫羅通，才終於和他的母親會面。並藉著佛力，把母親救出「阿鼻地獄」。

但目連仍是無法救母親脫離「餓鬼」之身，不管什麼食物，一靠近嘴巴，馬上化為一團火燃燒掉。

他只得又去請教佛祖。

佛祖告訴他說，只要在七月十五日的「孟蘭盆」時，給她食物就可以了。

於是僅有那一天，母親才能吃到食物。

但以後，又不曾再相見了。

他又去請教佛祖，才知道母親已經轉世，變成一條黑狗了。

目連就帶著這條狗，誦讀七天七夜的大乘經典，積了這樣的功德，這條狗才逐漸恢復女人的形態。

整個故事，就到此告一段落。

因此，有關這類的變文，因大多涉及佛教故事，所以，又稱為「佛曲」，這是由最早發現敦煌寶藏的學者羅振玉，為變文所定的名稱。

這正是從佛教中衍生出來，且是最正式的一種宣揚佛教的文學。但是，向來

很少人知道「彈詞」是由何演化而來的。

直到敦煌石窟被發現，人們才知道有變文這東西，並也才能追溯到俗文學的源流。

至於這篇目連救母的故事，在文學表現技巧上，可說是一個相當成功的例子。

※　　※　　※

附帶一提，日本人口中的「浪花節」，在中國方面，其實就是指民間文學上常說的「彈詞」。這和中國的清唱，伴以琵琶或瑠璃、三角鐵的表現相同。

我們如果對日本人說：「在中國也有『浪花節』。」他們一定會很驚訝的。說穿了，它就是用琵琶或三絃為伴奏的說唱曲藝。

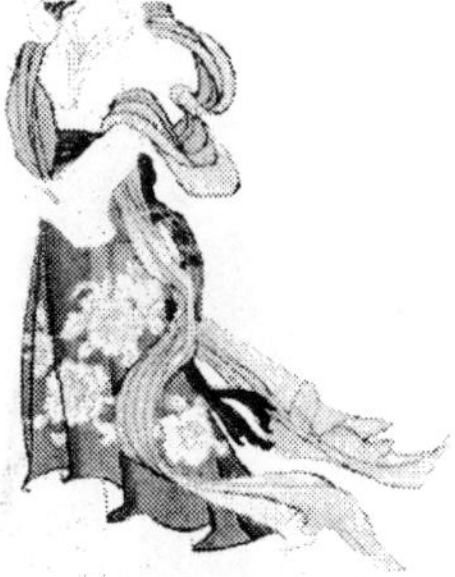

六、司馬相如的謀略

西漢有一名叫司馬相如的大文豪。讀者中，若有喜愛文學的，對他應該很熟悉。

司馬相如不但是一個文學家，他所作的賦，更是當時文壇最高的表徵。其受重視的程度，甚至連後來的六朝文人，都還競相模倣。

蜀郡的成都（現在的四川省）是他的故鄉，所以當時，武帝就任命他為西藏及雲南地方的招撫使。

相如本身不但是名重文學史上的大文豪，他的妻子——卓文君，更是不讓鬚眉，也是中國文學史上相當出名的女作家。

本文以「司馬相如的謀略」為題，主要是敘述，當時一介貧寒之士的司馬相如，如何運用巧妙的手段和技巧，而終於獲得卓文君的青睞，以及她父親財產的故事。

司馬相如年少時就喜歡讀書，也學習劍術。後來捐了一個官職，叫做「武騎

常侍」。

那是騎著馬，扈從在皇帝身後的工作。

但因他對文學情有獨鍾，所以對這份差事，一直都很不滿意。

後來，他仰慕梁孝王喜好文學的大名，於是就投奔梁孝王。

可是孝王死後，相如的生活也變得非常困窘。逼不得已，他只好向故鄉——四川的臨邛縣令王吉求援，而奔赴王氏的轄地——臨邛。

此後他們兩人就開始籌謀計劃，如何去獲得卓文君。

說到卓文君這位姑娘，在傳說中，她是中國史上足以匹敵楊貴妃、武則天、西施、西太后等，頗具女性魅力的美人。不僅如此，她還是當代一位響叮噹的女作家，又是家中擁有八百位奴僕的大富豪。

所以對於司馬相如，這一個聰明而又有志於出人頭地的青年來說，這確是一個千載難逢的好機會。

當相如投宿在臨邛城下的某一驛站後，那事先早以串通好的縣令——王吉，便立刻恭恭敬敬地前來問候，藉以引起大家的注意。

最初相如還佯裝答應見面，後來卻索性宣稱生病，而拒絕會客。然而縣令不

但不以為忤，卻反而更謙恭殷勤。

地方上的人，於是開始議論紛紛地猜測著：那個人一點也沒有生病，卻拒絕見客，而縣令的態度反而更卑屈謙恭。想必是一位相當尊貴的大人物。

然而，誰也沒料想到，這是他們作戰的第一步。

謠言於是逐漸向四方傳開來，當地的富豪中，卓文君的父親卓王孫和程鄭氏二人，也意識到城裡似乎來了一位相當尊貴的大人物。因此，兩人便取得一項協議，即他們想要招待這位「貴賓」和縣令。

日期決定了，宴會也準備就緒，卓邸請來數百位賓客，然而這位貴賓——司馬相如，卻又宣稱生病，而拒絕赴會。

縣令王吉只得慌忙地說：「還是讓我親自去邀請他吧！」相如才一副很無可奈何的神態，出現在卓邸。

這是他們作戰的第二步。

由於縣令偽裝得相當逼真，而掀起一股熱切的氣氛，使得在座的所有客人，都是為瞻仰司馬相如的風貌，而不遠千里而來。

正當宴會進行到大家都酒酣耳熱的時候，縣令王吉趁機出聲說：「我聽說先

生，頗愛好琴韻，可否請先生彈一曲助興呢！」說著就向相如再三懇求。

起先相如口中「不！不！」地一再謝絕，但拗不過眾人的誠意，終於彈著琴而開始吟唱。

這首歌，也是預先特地為卓文君而練習寫成的。他的歌詞如下：

鳳兮鳳兮歸故鄉，遨遊四海求其凰，時來遇兮無所將……有艷淑女在閨房，室邇人遐毒我腸……

（其中鳳是指男方司馬相如，而凰，自是暗喻才女卓文君了。）

在中國的語言中，代表男女的詞句非常的多，而「鳳凰」就是其中之一，其他例如：鴛鴦、乾坤等都是。

詞中閨房是指房間，所謂「室邇人遐」是表示「雖然朝思暮想地，但卻無法相會」。

「毒我腸」其表現雖有點誇張，但事實上，是指熱血男兒。而並不是真的血煮得翻滾的男人。像這樣的歌詞，如果當它是一首情歌的話，這應該是值得給予褒揚的。

從門戶的空隙中，卓文君暗地裡聽完這琴韻歌聲，雖然她新寡不久，但喜愛

琴韻的她，聽了這琴韻歌聲之後，被喚起的熱情，再也無法忍受得住了。

卓文君終於中了相如的算計，這就是有名的「琴心夜挑」。

不用說，這次的成功，相如當然是根據縣令的情報，而對卓文君的思想，以至於嗜好，詳加調查過的。

相如到臨邛之時，雖然身無分文，但他仍是「車騎從之」。現在的話來說則是：開著自用轎車，帶著保鏢秘書而來。

當然這些事情，卓文君必定早已耳聞，再加上相如溫文儒雅的風貌。而這些都是他們第三階段的預期目標。

且當酒宴開始，司馬相如就派人暗中買通卓文君的隨身女僕，使他能夠「通殷勤」。也就是使相如能夠傳達他非常思慕的熱情。

這就是作戰計劃最後的行動。

文君在聽完琴曲之後，就一直在幻想能否和這位情人廝守在一起。而在此時又聽到女僕傳來相如的消息，就再也無法抑制心中的戀情，而迫不及待地，在當天晚上就和相如私奔了。

說到這裡，相如的「臨邛計劃」可說是完全成功了。

相如一得到文君後，馬上就回到故鄉——成都。雖然沒有金錢，但卻得到一位足可媲美楊貴妃的美女，所以相如的得意，是可想而知的。

而卓文君的行為，卻是不能見容於當時的社會。所以，她的父親卓王孫非常生氣，並且憤怒地說：「不管怎樣，財產一文也不給他們。」

當時文君是十七歲。由於一個是貧寒文人，一個是深閨嬌女，一點也不知道賺錢的方法，所以二個人在成都，就開始過著貧苦的生活。

由他們二人貧困的生活窘境，後人便創造一句「家徒四壁」的成語。意思是說，家裡除四面牆外，什麼也沒有。

這種三餐不繼的生活，使千金之軀的文君倍感痛苦，終於承受不了，而說：「相公，不管如何，好歹我們還是回臨邛去吧！」於是回到臨邛，開始經營一家小酒店。

文君掌廚，相如當跑堂；美麗的女掌櫃，文人的老闆，造成極大的轟動，也使人們都為之嘩然。

相如和文君是故意在公眾面前丟臉現醜，以等待她的父親受不了後，拿出金錢給他們。

果然顧慮卓家體面的兄弟和親戚中，終於有人挺身而出來說服她的父親：

「他們只不過是沒有財產才這樣做罷了，再說文君已委身於相如，而司馬相如雖然貧寒，但總算還是有名的人物……。」

文君的父親終於勉強地，給予他們奴僕百人，錢百萬，以及最初文君出嫁時的嫁粧，而他們二人才關起店門回到成都，購買田地、房屋，搖身一變而為大富翁。

但是，二人的故事，並非就此結束。

後來相如又做官，當了西藏方面的招撫使。錦衣披身地來到臨邛，卓王孫尚且還得對他俯身低頭，而文君也和其他兄弟們，分得相同的財產。然而，文君和相如之間的愛情，也產生問題了。

在相如位居高官後，就開始對文君頗有微詞，文君已是美人遲暮，失去往昔的風韻。

因此原本就好女色的相如，就想納娶茂陵（陝西省）地方的一位姑娘為妾。因此，卓文君對此事不但加以指責，甚且還遞出離婚書。

雖然說是離婚書，但由於是出自第一流女作家的手筆，自然與那些泛泛之輩

所寫的，大異其趣了。

這就是「白頭吟」的楚曲，留傳到現在，成為文學史上一首有名的詩歌。

「皚如山上雪，皎如雲間月，
聞君有兩意，故來相決絕……。」

借物譬喻，發人感思的情感之詞，若換成了庸俗之輩所寫，必然是「身為堂堂文學家的你，竟然喜新厭舊，真是個感情不專的人啊！我因此非常氣憤，所以今天要來和你離婚」。等等一些於事無補的話。

文君的美貌風韻雖然衰褪了，但他的文章卻是風采依舊。

相如讀完了這首詩後，就「猛然回頭」，馬上中止打算納妾的念頭。一旦受到「聞君有兩意」等名文的威迫時，即使是相如這樣的大文豪，似乎也是無法招架。

然而相如那招「琴心夜挑」畢竟還是一妙招。平凡之輩倒也無妨，但那些擁有女兒的富翁父親倒是不能注意。像相如這種人才，倒還馬馬虎虎，若是也被一個毫無前途展望的青年，要這麼一招的話，後果就不堪設想了。

這是後話姑且不談，有關相如精湛的才華，還有這一則小故事：

漢武帝有一次閱讀「子虛賦」時，竟大嘆不能與這位作者生於同一時代。此時隨侍在旁的臣子，也就是蜀地出身的楊得意聽到以後，馬上進奏說：「這賦是臣的同鄉，一位名叫司馬相如的人所寫的。」

皇上非常驚喜，馬上宣相如來問明真相，果真不假，因此，很快地相如就成為武帝最寵愛的文士。

又還有一則傳說：當時失寵的陳皇后，拜託相如，把她的心意，以詞賦表現出來。相如因此為陳皇后寫了一篇「長門賦」，聽說武帝看後深受感動，陳皇后也因此，再獲得武帝的寵愛。

七、中國古代的花花公子

在初唐詩人中，有一位名叫劉希夷的青年，他寫了一首詩：

「洛陽女兒好顏色。坐見落花長嘆息……

年年歲歲花相似，歲歲年年人不同。」

藉此以詠嘆人生太過於短暫。嚴格地說，這是一首悲歌，但是卻廣受一般人的喜愛。

此外，這位詩人，也以當時花花公子，所經常出入的歌樓舞榭、青樓妓院，做為題材，為文賦詩，寫下一首代表作。這首詩，題名為「公子行」。

以現代的口語表達，則是指吟詠花花大少們（公子）的一首歌曲（行）。

「行」並不是去行樂的行，它是中國樂府的一種體裁。

藉著這種較自由的形式，正足以非常顯明活潑地，表現出花花公子與夜鶯之間，你來我往，穿梭在廊榭的情形。

為要把這一首詩選出來詳述，故而特地轉載於下：

「此日遨遊邀美女，此時歌舞入娼家。
娼家美女鬱金香，飛來飛去公子傍。
的的珠簾白日映。娥娥玉顏紅粉妝。
花際徘徊雙蛺蝶。池邊顧步兩鴛鴦。
傾國傾城漢武帝。為雲為雨楚襄王。
古來客光人所羡。況復今日遙相見。
願作輕羅著細腰。願為明鏡分嬌面。
與君相向轉相親。與君雙棲共一身。
願作真松千歲古，誰論芳槿一朝新。」

讀者們請看看，這簡直就是今日酒吧之類的歡樂場所的寫照，劉氏若未目睹過實際的情景，恐怕也不能作出這樣真確的詩句來。

所以，初唐的花花公子，與青樓娼妓們的風情，想必是如此般的寫照！在這首詩中，又出現「傾國傾城」，「雲雨」等聽慣了的典故詩句。

也許有點畫蛇添足，但還是順便地簡單說明一下，「傾國傾城」這一部分。

「傾國傾城」原是中國古代宮廷音樂家中，頗具盛名的聞人——李延年的佳作。

他與前幾節中提到的杜甫的詩——「落花時節又逢君」的那一位李龜年，是判若二人的。他比李龜年要早，是西漢時代的音樂家。

李延年是個因罪受腐刑的宦官，他想將他的美人妹妹獻給漢武帝，於是譜出一首歌舞名曲。「傾國傾城」，就是這首歌舞名曲當中的一句成語。

延年所譜的詞是：

「北方有佳人，絕世而獨立。

一顧傾人城，再顧傾人國。

寧不知傾城與傾國。

佳人難再得！」

武帝對於這首歌詞的涵意，並不了解，故而持著酒杯，對李延年搖頭歎道……

「像如此般的美人，世間怎可能有。」

坐在一旁的平陽公主（宗室之女，漢武帝的姐姐），就代為上奏說，延年有一位「妙麗善舞」，且又符合「傾城傾國」之美喻的妹妹。

武帝遂召見延年的妹妹，一見果然驚為天人，於是納入後宮，封為李夫人。

由於有這故事的關係，後世的人對於美女，也就以「傾城傾國」做為代稱。

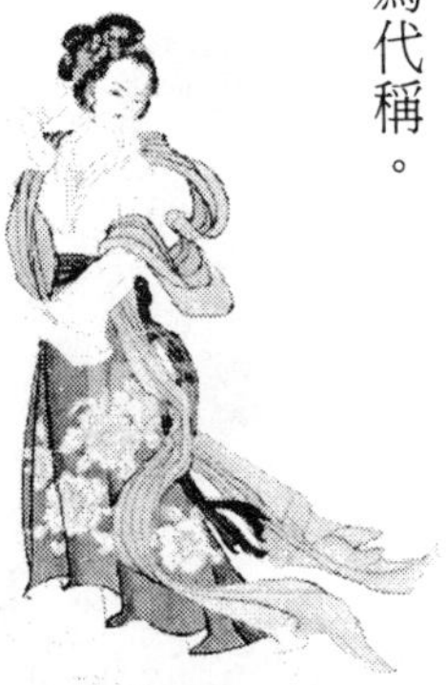

又關於「巫山」與「雲雨」。

這是戰國時代，楚襄王遊幸雲夢離宮，當夜在夢裏，與夢中出現的美女交歡。及事成之後，即將離別時，襄王便詢問她為何人？

美女回答，自己乃巫山的女神，朝作春雲，暮為行雨。

由於這個故事流傳，所以，在花街柳巷常可以看到，用這一個詞句所題寫成的匾額。讀者們若把它想成是：暗諷男女情交一事，自也無妨。

唐朝的元祿時的筆下，這種公子哥兒的遊興更達到高潮：

「鞭鳴酒肆過，弦服倡門遊。

百萬一時盡，情含片言無。」

如此般地狂熱風靡，頓時把百萬家財，傾耗一空，卻換取不回娼妓絲毫情感。

而這個「花心大蘿蔔」，大概也正像今日土地暴發戶的敗家子吧！

另外，像李白這樣的大詩人，也不乏風流雅事。

當他與醇酒美人，泛舟嬉戲時：

「載妓隨波任去留。」

一邊吟詠詩句，一邊順著綠波任意遨遊，是多麼愜意的光景！

我們再看「詩聖」杜甫。

連他也常在名妓——黃四娘家的附近徘徊著……

「黃四娘家花蹊滿……。」

如此般地詠嘆！然而與這些老老少少的花花公子們周旋往來的青樓女子，她們的命運，又怎樣呢？

這其中有遠離都城，卻又遇人不淑，只好忍受著落魄寂寥的坎坷命運。久享盛名的白樂天，他的「琵琶行」，正是為一名落魄寂寥的娼家女特意寫成的。

這首「琵琶行」，描述曾經是京城長安，紅極一時的名歌妓，如今流落南方的景象。

由於白居易正巧從京城左遷來此，因而注意到她。

於是歌女便移船上了白氏的舟中，彈琵琶，以訴說她身世遭遇的一首長篇詩：

轉軸撥弦三兩聲，未成曲調先有情。

「輕撥琴弦兩三聲，曲調未成，悲情已生。」

冰泉冷澀弦凝絕，凝絕不通聲暫歇。

「只見樂音高揚，驟爾頓止，猶如泉水自高高的崖上，滑入冰冷的寒潭。」

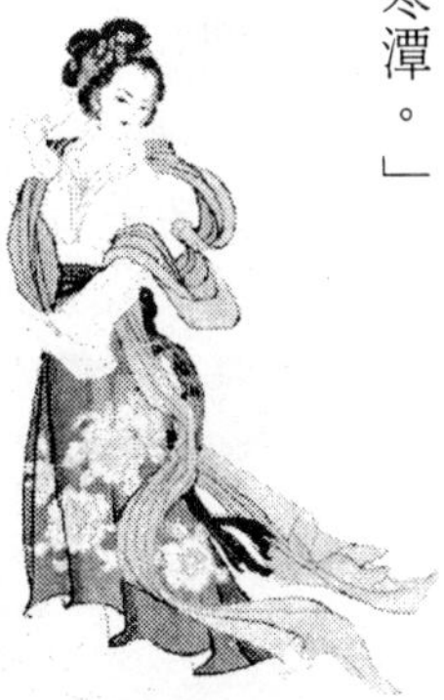

粧成每被秋娘妒。

「曾經在京城歌唱時，美女全部都比不上。」

五陵年少爭纏頭，一曲紅綃不知數。

「五陵（皇帝陵墓薈集之處，也是名流上層社會的中心）的年輕人，當我一曲唱完，就送來了難以計數的賀儀。」

弟走從軍阿姨死，暮去朝來顏色故。門前冷落車馬稀，老大嫁作商人婦。

「但是，好景不常，弟弟被征入伍，阿姨也過世，隨著容貌漸衰，客人也減少了。不得已只好嫁給商人為妻。」

商人重利輕別離，前月浮梁買茶去。

「然而丈夫是個重利輕情的漢子，他跟我說，要前去買茶，卻一去再也不返！」

去來江口守空船，繞船月明江水寒。

「以後的日子，也只有每天獨守在江口的孤船上！」

此詩的內容，大致如此。白樂天不僅為歡樂場中女子的命運大為悲歎，同時也對女性飄遊不定，恰似浮萍白雲般的命運作了一番詠嘆。也可算是唐代第一位

爭取女權的大詩人吧！

最後藉著白樂天為女性所作的哀詩，來控訴花花公子們。希望以此喚回他們的良心，也同時結束這一章節。白樂天的「太行路」：

「古稱色衰相棄背，當時美人猶怨悔。
何況如今鸞鏡中，妾顏未改君心改，
為君重衣裳，君聞蘭麝不馨香，
為君盛容飾，君看金翠無顏色。
行路難！難重陳！人生莫作婦人身。
百年苦樂由他人。」

（自古以來女子容貌衰減，也就被人遺棄。這是當時的美女，都深自追悔的恨事！何況今日，映在鏡中的容顏，花貌未改，君心已變，
為君把衣衫熏香，君卻不言蘭麝香。
為君把容顏打扮，君見珠翠不動心。
人生行路難！難以形容！只願不作婦人身。
否則百年苦樂，永隨他人！）

八、中國古代女性的罪與罰

這個世界上，大概沒有比人類這種「動物」更會處罰人了。所以也可以說：「人是處罰人類的『最高等生物』」，不過，刑罰之產生，也是為維持整個團體的秩序，在不得已之下，所做的權宜之計。

所以，真正的官吏，是要維持整個社會的和諧，而不是濫用刑法。

但是，其中也有人持著相反的論調，所以關於這問題，也實在頭痛！

從古代中國與俄國的紛爭中，舉一個實例，以作介紹。讀者們都知道，在俄國西伯利亞境上，有一個叫做「買賣城」的國境街。

它是與中國的東北部——璦琿，僅隔著一條黑龍江，而遙遙相對的一條街。

「買賣城」，在清朝康熙皇帝時代，根據與俄國訂立的「尼布楚」條約，而成為中國領土的一部分，但是，後來又依照一八五八年，所締結的璦琿條約，這裡又變成了俄國的領土。

因此，該地的中國居民，便開始撤退。

相反的，俄國人民也就陸陸續續地搬來，開始經營起市道街容。

但是，「買賣城」的街道，不久就立刻變成一條臭氣薰天的「糞巷」，在此之前，這裡都有中國工人處理糞尿，垃圾以及死人等瑣碎而重要的工作。

然而，在俄國人的統治之下，他們都不再擔任這種工作了，不久，他們也回到中國領土去了。

至於俄國搬來的居民也開始要為這些問題，大傷腦筋。當居民們感覺有了便意，也沒有辦法，馬上跑到數公里外的郊區去「解放」，所以每個家庭，就這樣的使糞尿堆積如山。

這個地區，要享受快適的文明生活，恐怕必須花上多年的時間。

我們進入另一主題——女性的罪與罰。

這是指中國古代的女性既犯了罪，就當受怎樣的處分。

閱讀中國史書時，常常會發現，古代的官吏，往往隨便地濫殺犯罪者全家族的事。

這就是所謂「族誅主義」。

在專制政體的嚴厲制度下，犯了罪就被斬殺，是沒辦法的事！但是，罪及「

三族」（父族、母族、妻族），使犯人以外的無辜者，也要遭到相同的命運，這實在是令人叫冤。

尤其對古代女性實在不公平，只要她與犯人有所牽連，就可以判她的刑，即使罪人只犯非常輕微的小過，也仍然一樣。

比如犯人是父親，女兒也要受罪；若是丈夫，妻子也有份；若是兒子犯罪，母親妻女，也都要連坐入罪。

在此，僅就女性所犯的「罪」與「罰」加以論述。

我們主要是論述，女性可能犯的「另一種罪」，就是「通姦罪」。

通姦罪是包括結婚成為夫婦之後，妻子對外不當的淫慾，以及結婚以前，男女不合禮儀的交歡情形。

有意消滅「通姦」的名人，首推秦始皇，他的「傑作」，至今仍流傳下來，那是一塊叫做「會稽刻石」的石碑。

始皇登基後，常常巡幸全國各地，所到之處，必立碑以顯揚自己的威德，這塊石碑，因立於浙江省會稽山上，所以也就名之為「會稽刻石」。

刻石的內容大約如下：

「目前一般丈夫，常常會掩飾自己的過失。至於妻子，雖為丈夫育有孩子，而丈夫一死，便又另嫁他人，也是對亡夫不貞。

朕有鑒於此，因而把家事分隔內外，並且禁止淫佚，如此一來，男女雙方的關係與職分，就可以清楚且坦誠不欺。

丈夫若膽敢與別的女人通姦，則人人皆可誅殺。所以，身為丈夫，就要守丈夫的義務。

妻子假使背棄丈夫，又另嫁他人，即使親生兒子，也不能再視她為母親！所以，女人必須嚴守貞操。

清廉之風，就靠著夫妻而廣為流播……。」

這是其中的一段。在後宮裏自己擁有群妃無數的始皇帝，卻大斥淫佚之風不可長，實在狡猾之至。

不過，為正視天下的大事，也就不得不端出一副聖嚴的模樣，讓大家畏而從風了。

對於那些風流好色的丈夫，舉國無論老弱大小，都殺之無罪，這對於丈夫而言，風流一下，便關係著生死存亡，自然也是大意不得了。

這或許也可以說是，始皇帝對婦女們，所作的懷柔保護政策之一吧！

讀者們看到此處，自然可以了解，在紀元前四、五百年的秦始皇時代，就已訂定相當嚴厲的「通姦罪」。

不過，通姦罪的種類（方式），隨著時代的變遷，又到底有那些形態？我們不妨舉其主要部分來敘述。首先是「和姦」，這是指夫婦以外，不合「禮」的男女通情。

在唐代，這種罪罰至少是一年半的徒刑，若已是有夫之婦，則加重為二年徒刑。

到明朝，未婚女子，改罰廷杖七十七，有夫之婦，則加重為八十七。所謂「廷杖」就是指犯罪者伏在公堂，讓站在兩旁的衙役，用刑杖猛打七、八十下的意思。

這個刑罰，和現在的法律，稍有不同，不論是否有丈夫，都要被罰。其次是「刁姦」，這跟和姦大致是一樣的。

所不同的是：「和姦」是暗中行事；而「刁姦」是刁夫頑婦，大膽公開地胡來。

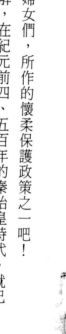

在更接近現代的明、清兩朝，所訂定的刑罰中，刁姦比和姦犯，罪加一等。

然而有趣的是，在法律上，又加上一條，珍奇的規定：

「原先的丈夫，不得狠下心來，將淫婦賣給刁夫。」

這正是所謂「十里不同風，百里不同俗」的「新聞」。

凡指姦夫以暴力，強行侵犯婦女，便稱之為強姦。

這在元代的刑罰，判處侵犯有夫之婦者，死刑；未婚女性則杖罰一〇七棒。

至於明清時代，則不論有無丈夫，凡是犯罪者，一律判處絞刑。

若依照清朝「法律專家」（制訂法律者）的解釋，構成強姦罪，必須有以下四個條件：

一、是在暴力的情況下，脅迫成事。

二、是女性在無法抗拒，也無法逃脫的狀況下。

三、是他人風聞了這醜事。

四、為女方身體，受到損傷，衣物破裂等情形。但是，專家們又認為，若是男方剛開始，以暴力強加染指，最後竟得女性首肯，合作行事的情況下，就不構成強姦罪。

因此，應該說，在法治條文訂定方面，清代早已是個「先進國家」，故而這般地處置法，也都合情合理的。

另外，不用特別說明，當然還有一種叫「輪姦」的。

可是，有趣的是，又有另一種形態，叫做「圍姦」者。

這是指宵小趁著黑夜，潛入女性的寢室，蓄意冒犯她的意思。

此外，又有依照男女的年齡，以及他們的身分等，而依例行使處分的辦法。

這有如下幾種情形——首先是親屬之間的相姦。大致是因著二人相姦的關係遠近，而有刑罰輕重之分。

比如像比較奇特的情形：丈夫冒犯了妻子的姊妹，甚或侵犯兄弟，兒子的妻子等等情況。

這在唐代，宋代，都是一律判處死刑。

也有染指祖父之妻，伯叔母，或兄弟女兒的現象。

這從唐代以至於清代，也都處以極刑。

這些情形，若在現代，相信裁判官也會對這種六親不認的好色之徒，判處法定限度中最高的刑罰。

其次，也有官吏利用他的地位與權勢，冒犯女性平民；或對於囚犯的妻女，施加甜言蜜語，半脅迫地與她親近，而後強行非禮；乃至侵犯女性囚犯等等。類似這種情形，一被查明屬實，即用廷杖鞭打之，然後將他放逐異鄉，或是判處數年的徒刑。

此外，若奴才侵犯主人的妻女，在階級分明的中國社會中，一律判死刑。僧、尼如胡作淫亂之事，或被外人強行冒犯，犯人的刑法，也都要特別地加重。

又以中國古代的倫理道德而言，其中最重要的一項——喪禮期間，也要有節制。若在服喪期間，與人通姦，也要加重刑罰；更有甚於此的是，在唐宋時代，服喪期間（三年）不得生子，若是生子，必受相當嚴厲的制裁。

由此看來，在服喪中的性生活，是不被允許的。

在唐、宋時代，皇帝本身，會對擁有後宮多數的幼女，而自慚形穢嗎？

這倒沒有人會說話，而且也沒有人敢「規定」皇帝不准納幼女。

不過，到了元代，對於幼女的強姦、和姦等等，一律處死刑。

在這情形下的所謂「幼女」，是指十歲以下的小女孩。

若是十歲以上的幼女，則與強姦無夫的未婚女性同罪。到了清代，年齡的上限是到十二歲，在這個年齡以上，便叫做「同意年齡」。

現在各國，也都已逐漸地在提高，這方面的同意年齡。

這規定的意義，也就是說，無論男人做怎麼樣的辯說，若是冒犯了這個年齡以下的幼女，不問事實真相如何，他都要遭受處罰的一種年齡限制。

然而，我們看看現在的社會，不知是青年人太過於早熟使然？否則為什麼這個同意年齡，有越來越小的趨勢？

這也是因為時代環境的不同吧！以上，僅針對古代中國女性為對象，敘述她們可能犯下的罪，以及所受的刑罰。

不過，這些法律條文，也不很嚴格地被執行，因為在那麼遼闊無際的地方，實際上，也不過是一個政策上的實施罷了，並無法面面俱到的。

如果我們這樣想的話，所得的答案，應該就比較具有正確性了。

九、……勾引、欺騙

現在講一個不怕你笑的「至理名言」。

——坐擁權勢的高位者，最須戒忌的便是「色」。

不幸的是，人一有地位、名譽、金錢之後，接著也就轉移到「色」字的上頭來了。

這大概正是，人類一般的陋習弊病。

也難怪在中國古書上，就記載著「食、色，性也。」

這個「色禍」，究竟在歷史上有多少前例，我們姑且不談，總之，它與男女的性別是沒有關連的。

因為在歷史上，也不乏以甜言蜜語，勾引男人，以奪取權勢的女人，且一旦她們達到權勢的最高點後，馬上另結新歡，耽溺於情慾，享受性愛之樂。

在中國古代，大概以唐代的則天武后，與清代的西太后，算是這一方面的「英雌」。

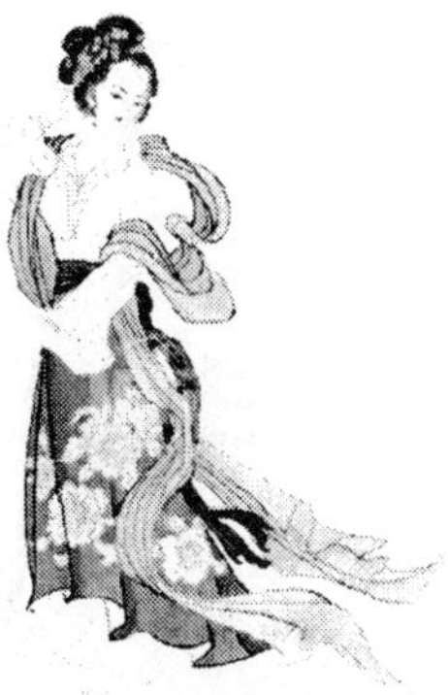

其中尤以武則天，能以一個女流之輩，更改中國千年以來，女性一直處於下風的局面，而成領導中國人民的唯一女皇帝，這種膽量與氣魄，實在不是常人所能望其項背的，因此，在本章中特地來說說這位女皇帝，她是如何奪取政權，以至於「君臨天下」。

不過，在進入主題之前，我們還要特別談談，在此之前，一些「開路先鋒」的女英豪，以證明武后的奪權，也並不是前無所承的。

而這些上古時代的「開路英豪」，最有名的，莫過於夏桀時的妹喜；商紂的妲己；周幽王的褒姒了。

讀者對這三位應是耳熟能詳，所以，在此就不多介紹。

現在要談的，是春秋、戰國時代的代表性人物——驪姬、鄭袖。看她們兩人如何勾引和欺騙，以作為本章的楔子。

人人都知道，春秋五霸之中的齊桓公，是尊王攘夷，九合諸侯的大政治家。齊桓公死後，繼之而起的，便是晉文公重耳。

現在所要說的故事，便是有關文公的父親——獻公，因寵孌女戎，而發生的禍國史。

晉國開國始祖，乃是周武王的幼子；成王最小的弟弟，因為他年紀還小，所以並未封地給他。有一天，成王和這個名叫叔虞的小弟弟，在宮裡遊玩，隨手在地上撿起一片桐葉，撕成玉珪（諸侯們所持的象徵物）的形狀，說：「這個封給你。」

此時，站在成王身邊，專門記事的史官史佚便諫道：「天子無戲言。」於是便把叔虞封到唐這個地方，而唐地正是後來晉國的前身。

叔虞傳到晉穆侯，穆侯生了兩個兒子，大兒子叫做「仇」，二兒子叫做「成師」。

結果被封在曲沃的成都，所生的兒子曲沃武公，後來把仇的子孫滅掉。曲沃武公的兒子，名叫詭諸，也就是晉獻公。

獻公初即位，確是個英明的領導者，不僅保護周王室，也努力開拓疆土。在他即位的第五年，便伐滅位居西方的驪戎，並擄回戎王二位美麗的女兒。

大公主叫驪姬，驪姬的美，從她那一對眼波流轉，春意無限的美目中，表露無遺，獻公一看到驪姬，頓時心旌搖蕩，因而放走戎王，載美人而歸。

驪姬生俱的一股野性美，是中原女子所比不上的，所以使得獻公對他意亂情

迷，對政事也漸漸怠忽了。

不久，驪姬為獻公生下一子，名叫奚齊，她的妹妹，也生了一個名叫悼子（云卓子）的男孩，而生下太子申生的正后齊姜，此時也逝世了。

而母以子貴的驪姬，自然也就順理成章的接任正夫人之位。

此時，在驪姬心中，報仇雪恥的決心，也愈來愈熾盛。

然而，以她一個手無寸鐵的女子，雖與妹妹聯手，「制服」了獻公，可是獻公的兒子，又是那麼賢明，決不是輕易可以剔除掉的，更何況諸公子手下，也都有一批「智囊團」在輔佐著他們，具有滿腔恨意的驪姬，也無計可施。

而此時的獻公也漸漸「衰老」，驪姬雖仍強顏歡笑，可是他對獻公，已漸生厭惡之心了。

此外，她也想到，在最近這幾年，若沒有想出一個好辦法，讓自己的兒子奪得政權，多年來的心機，豈不白費？

憂心如焚的驪姬，有一天，就讓她發覺到一位救星……。

宮廷裡召開盛大的宴會，請來不少的伶人，其中有一位脫穎而出的男主角，他長得高大健壯，眼如明星，唇似點丹，在宴會中，機智靈敏，笑料百出，一整

個晚上，由於他的出現，使得宴會又熱鬧，又歡愉。

驪姬選定他。他也因此成了宮廷的優伶，他的名字叫做施，因為是戲子，所以人家稱他叫優施。

從此，驪姬就與他勾搭上。背著老衰的獻公，與優施陳倉暗渡，驪姬覺得又刺激又滿足，她終於找到一個親信的愛人了。

機敏的優施，告訴驪姬，首先要讓獻公厭惡太子申生，並逐漸讓奚齊學習接觸政事，但這一切，都得使用迂迴政策，也就是用間接的辦法，讓獻公親口說出不喜歡申生，而主動讓奚齊代申生為太子。

驪姬最初只會控制獻公的心，現在她又在優施幫助之下，逐漸學會掌握政事的要領。

獻公不久，就聽到一些大臣，稱揚奚齊，而批評太子。這個每夜都得驪姬侍候，才能安寢的獻公，在眾口鑠金之下，也逐漸對太子起厭惡之心。

當國家要舉行冬祭大典時，獻公推說生病，不能成行，按理本應由太子申生接替的，而他卻命奚齊主其事。

夜裡，他就跟驪姬說：「太子最近，愈來愈不像話，大概以為我老了，對他

無可奈何。我決定要廢太子，改立奚齊！」

驪姬「悲哀」的流淚說：

「申生冊立為太子，這是諸侯皆知的事，而且他又經常帶領軍隊討伐敵國，很得百姓的愛戴。如今竟要為我——即使你的本意不是這樣，天下的人，豈不會這麼說？——若廢太子，那我只有一死，以謝天下了！」

如此「賢明知禮」的女人，更教獻公尊崇了。於是獻公「自己」想了個殺人不見血的妙計——當然，其中也有驪姬的推波助瀾，不著痕跡的誘引——讓申生以太子身分，去征伐強敵——東山皋落狄。

想藉著狄人的手，把太子殺了！

但天不從人願，頗受將士擁戴的太子，竟一舉殲滅東山的狄人。

在驪姬煽惑下的獻公，狡計不得逞，已不甚歡喜，繼而又想：「太子所以得勝，豈不是因為將士用命？我還沒死咧！太子竟然掌握我部下的心，我豈不是大權旁落了？」是可忍，孰不可忍？也就對太子更增厭惡。

而在優施善辯的言詞影響下，逐漸地，也使一些本是擁護太子的大臣，也都變成冷眼旁觀的中立者，驪姬的聲勢是愈來愈大了。

春風得意的時候，總會讓人變得容光煥發，驪姬雖然早已遠離少女的浪漫情懷，可是那成熟光豔的風韻，更是令人心醉！

獻公為了她，簡直連生命都可以不要！可是，耽溺於女色的獻公，也不免自覺，力不從心的老邁，已降臨在他身上。他決定要施行一次，規模最大的畋獵，以證明自己老當益壯，雄風不減當年，於是，自己親率將官就出發了。

驪姬的機會來了……。

她召來太子申生，告訴他說：「昨晚，國君夢到你母后，所以在臨行前，囑咐你快去祭祀她！」

不疑有他的申生，也就前去祭祀。

祭祀後，依照慣例，把祭肉、祭酒，呈獻給國君。

獻公因不在，自然由驪姬代受。

過二天，獻公狩獵回來了，膳房就首先獻上祭祀的酒肉。

獻公舉箸就要吃，一旁的驪姬卻勸道：

「你怎那麼安心？先試一試再吃也不遲。」

獻公於是以酒酹地，地面竟隆起來！大驚之下的獻公，又命人拿肉餵狗，才

一入口，狗就死了！獻公不信，抓來一名宦官，強餵他肉，也死了！

驪姬「嚇哭」了：「太子怎那麼狼心！連自己親生父親也要謀害！我真看錯人了……想他平常還是個恭順的乖兒子！國君也老了，他一點也等不得嗎？」

「太子所以這麼做，一定是為我們母子兩人，我們兩人乾脆自殺，再不然請讓我們避居他地，保全一命吧！」

太子申生，一聽這消息，馬上跑回自己據守的都城去。怒不可遏的獻公，立即殺了太子的老師，並要申生「自己看著辦」。

關鍵性的一刻，終於來到。善惑人的驪姬，怎能失去這種先機？她哭著來到太子的都城……

所謂「沒有三分三，不敢上梁山」，驪姬是個聰明人，她掌握太子的弱點，知道他平常就孝順父親，父親年老，又非她侍侯不可，決不可能殺掉她，而即使殺她，豈不更加深獻公的恨意？那時申生自然也必死無疑！再怎麼計算，她都是有利的，所以，她來到曲沃的新城……。

女人的演技與眼淚，是天生的兩大利器，即使百鍊鋼，也會化做繞指柔。

驪姬泣道：「連自己的父親，都竟然如此狠心？還會有愛護國人的心嗎？國

人見了，難道不會厭惡畏懼嗎？千夫所指，是要無疾而死的！」

就在她一激之下，太子上吊死了。主根既斬，枝節也就好辦了。

驪姬在夜裡，向獻公告狀：「太子是諸公子的領頭，諸公子當然也知道這件陰謀。」

大以為然的獻公，一氣之下，逐盡諸公子，使奚齊安穩地坐上太子寶座。

獻公愛上一個戎女，竟使國亂家離！

至於這一代妖姬的下場又如何？在獻公死後不久，大權仍被重臣抓住，媚君禍國的驪姬，也因而被鞭殺於市朝，兒子與妹妹，也無一倖存。

再來敘述戰國的一代妖姬——鄭袖。

鄭袖是楚懷王的愛姬，在史書的記載上，並不很詳細，比如她的出身如何？她的下場又是如何？都沒有明白的敘述。

戰國七雄之中的秦、楚、齊，三國的版圖本是最遼闊的，而在楚懷王以前，楚、齊都是聯合抗秦，所以，局勢一直沒有太多的變化。

然而，後來的秦國，所以能一一吞滅各國，而楚國也走上衰亡之路，史學家們都以為這關鍵是張儀的連橫，破了蘇秦的合縱。若說癥結之所在，正是因鄭袖

一人，讀者相信嗎？

我們現在便從《戰國策》和《史記》裡，挑出史料來說說。

在戰國時代的楚國，正值楚懷王在位的時候，出了一位愛國詩人，這人就是鼎鼎有名的屈靈均（屈原）。

屈原是個忠君愛國的賢臣，他常為懷王策畫國是，訂定法律，可是，「忠言逆耳」，他終於敵不過甜言蜜語的鄭袖這一派，而走上投江一路。

至於屈原楚辭裡頭，所隱喻的「美人」——懷王，也因身陷虎狼的秦國，客死異域。

這一切全都是鄭袖的傑作，可見她的段數，絕不下於驪姬，而這正應了杜甫一句詩：「江山代有才人出，各領風騷五百年。」

我們且來說說，她能媚善惑，既妒且詐，專寵一身的陰謀伎倆：

進宮後的鄭袖，不久即大受楚懷王的寵愛，且被擢升為后。（按「王」與「后」的稱呼，本只有周天子有此資格用以稱呼，可是自春秋時代，楚國就已僭號稱王，到戰國時，每個諸侯國都不再稱「公」或「伯」，均直稱為王。現在鄭袖既為正妻，當然也就稱后。不過為區分起見，在戰國策裡便稱鄭袖是「南后」，

這是因楚國位於南方的緣故。）

封鄭袖為后，對懷王而言，似乎不是「福氣」，因為他只能愛一個鄭后，再也難有「外遇」了。

當然，鄭袖再大膽，也不敢公然限制懷王，享有齊人之福，但是她可以控制後宮的妃嬪，凡敢與懷王有關係的，必然會「禍從天降」！而鄭袖本人，也絕不放鬆緊迫盯人的戰術，凡懷王所到之處，鄭袖也隨侍在旁。

畢竟楚懷王的心猿意馬，是不能嚴加控制的，有一回，魏王送給楚王一批美女，其中有一美女被楚王看上，於是大為寵幸，鄭袖看在眼裡，實在不是味道，可是她卻不使用女人哭鬧的手段，她的辦法，是要得到懷王的心……。

一向緊纏著懷王的鄭袖，如今反在楚王面前，顯出一副故意迴避的樣子，懷王看在眼裡，又是愛憐，又是感動！人說女子最善妒，真想不到鄭夫人是那麼大方啊！

是的，鄭夫人確是很大方，她不斷地把自己最喜愛的衣服送給這位新人；寢具、臥具，也一一為新人打點得比自己還豪華氣派，並常指導她楚王的性情、嗜癖等等。

所以這位新人，很得懷王的歡心，而新人也常在懷王面前，誇讚后夫人對自己的悉心照顧。

懷王欣慰地道：「我封她為后，可真封對了，看她是多賢淑的女人！凡是女人，無不以色娛人，而一旦見到有人比她貌美，或更受寵，必然會大為嫉妒，現在后夫人一點嫉妒心也沒有，真是難得。」

鄭袖在等待機會，一旦懷王不會生疑，美人對她也不再有戒備之心，她的毒手就要開始施展了！

鄭袖又來拜訪美人。這一次，她遣離服侍的宮女後，便輕輕的把房門關上，然後告訴美人道：「我得到一個對妳不太好的消息！」

在美人不斷的追問下，鄭袖「無奈」地說：「昨晚，懷王喝了酒，來到我房裡，跟我說，妳很漂亮，他很愛妳……不過……妹子啊！我若說出來妳可別誤會我在造謠，也請妳別多心，打從妳一進宮，我就看妳很順眼，所以對妳照顧也多一些，如今既然有對妳不利的話，做姐姐的我，如果沒有說出來，也就枉費妳說我是最照顧妳的姐姐了。妳是知道的，我們做女人的，能夠受人寵愛，最主要也不就是這張臉……。」

「好姐姐啊！妳說的我都懂，請快告訴我，懷王對我有什麼不滿的地方，好讓我可以改進啊！」美人哀求地道。

鄭袖道：「好妹子，妳自己想想，平常最不滿意的地方是那裡？懷王昨晚就是跟我提到這事。」

「姐姐是說，懷王對我的鼻子不滿意？是啊！我的鼻子，就是不如姐姐的端挺！好姐姐，妳就想個好辦法，幫幫我的忙吧！」

「人的外觀，本就是父母生成，怎麼可以說要鼻子挺，它就會挺？看來也只有個辦法，當妳與懷王相見時，用繡帕遮掩著鼻子，如此一來，不也就更撫媚動人嗎？」

無知的美人，果然聽從。

幾天之後，懷王大感奇怪，便問鄭袖說：

「美人見到我，怎麼老用手帕遮住鼻子？」

鄭袖說：

「賤妾是知道的，只是不敢陳言，恐怕君王責怪，說是我故意造謠。如今君王既有旨命，要賤妾回答，賤妾若是知而不言，不僅是違命，對君王也是不夠忠

愛。我這幾天看到她老把鼻子遮起來，也覺得奇怪，於是前天就問她是不是著涼的關係？然而她答說，再也忍受不了君王您……您……您的口臭！請恕賤妾坦陳不諱！」

懷王一聽大怒，立刻命武士把美人的鼻子割了。

當然，懷王再不可能去愛一個被割鼻子的缺陷美人！這就是與鄭袖爭寵的下場！宮中人，再怎麼膽大，也不敢去奪取懷王的愛寵了。

鄭袖就這樣集寵愛於一身，但是，對於他國所進貢的美人，也特別忌諱，所以儘量賄賂結交權臣，不讓懷王左右的親信，去挑誘懷王的慾心。

為秦王去遊說諸國的張儀，有一回到楚國，卻鬧窮了，而楚懷王此時對張儀也不信任。但是張儀為使他的連橫策略逐步實現，同時也為解決民生問題，所以他再度晉見楚王。

張儀鼓起三寸不爛之舌，挑誘懷王：「小臣曾遊遍天下各地，到過每一個角落，發現鄭、晉、周、衛的女子，搽脂抹粉，立於街上，要是沒見過市面的土包子，還真會以為是天仙下凡呢！」

懷王感嘆道：「楚地僻處南方，實在很少有機會見到這樣的中原美女，你就

幫我帶幾位絕色的美女來吧！」

於是便送給張儀，無數的珠寶。

這消息，馬上就傳到鄭袖的耳裡。鄭袖一急之下，馬上遣心腹，帶著五百斤的黃金（古時以黃銅稱黃金）賄賂張儀，張儀自是心裡有數，於是便進宮向楚王辭行，而楚王自然也要設宴餞行。

於是張儀便對懷王說，希望他能描述一下美女的標準如何，再不然也希望能找一位，心裡所認定，標準以上的美人，出來讓他看看，也好心裡有個底。

於是，懷王把鄭袖召來。張儀一見「大驚」，立刻跪倒在地說：

「死罪！死罪！小臣有眼不識泰山，眼界實在太短淺了！小臣遍行天下，再也沒有見過一位能比得上后夫人的美女了！如今小臣竟敢跟大王說，那些人都是美女，豈不犯了欺君之罪？還請大王寬恕小臣一命。」

「算了吧！我早就知道，天下再無第二人，可以及得上我的后夫人了……哈哈哈……！」

經由這一次「交易」，張儀算是賣鄭袖一個帳，而這些縱橫家們，是再現實不過了，接下來可就有好戲看了！

有了懷王的愛，鄭袖再也不能為此而滿足，因為她也想要嚐嚐政權的滋味是如何！由於她是楚王專寵的一人，走後門的人，常來拜託她，因此，她跟這些人也比較熟，於是就這樣同流合污了。正直的屈原，在此情況下，也逐漸被懷王疏遠了。

當懷王十六年的時候，秦惠王想攻打齊國，又怕楚國與齊國聯合，於是又派張儀遊說懷王說：「我國的大王，最敬愛尊崇的人，無過於大王您了，所以才會常派我到貴國來交歡言好，然而我們大王，最厭惡嫉恨的莫過於齊王，結果大王您竟與他和親，使得我們大王常感到失望和傷心。

如今，他為了不願您與齊國的小人來往，有意用六百里的土地，賠償您的損失，而只要換得您不與齊國交好的允諾，如此一來，齊國勢力就削減，秦王也會感激您的德意。這豈非兩全其美，有百利而無一害的好事？不知大王您是否肯答應？」

楚王大喜，馬上滿口答應，立刻派人前往齊國，與齊王斷絕邦交，然後命一將軍，與張儀返秦取地。

「不幸」得很！張儀回到秦國，竟醉酒掉下車來！如此一托延，便過了三個

月，沒有絲毫的進展。

楚王想，大概秦國認為他做得還不夠徹底，而六百里的土地，誘惑又是那麼大！所以他又遣使者去痛罵齊王。

齊王一見情勢不大妙，恐怕是秦楚聯合要攻打齊國的先兆，趕快遣調使者，歸服於秦。

隔天，張儀便接見楚將，並對他說：「快快跪下來受地！秦王龍心大悅，有六里地要賞賜給楚王。」

楚將一聽大怒，頭也不回地走了。

楚將報告此事讓楚懷王知道，從沒有受過如此侮辱的懷王，立刻發兵，攻打秦國，結果兩度交鋒，被殺得狼狽而逃。而七雄中的韓、魏，此時也乘機落井下石，打得懷王落花流水，領土喪失泰半。

秦國因張儀的詭計，得到不少好處之後，又怕楚國開始合縱各國與秦相抗，故又來安撫楚國，又要分地給懷王。

這一次，懷王他不要地，他要得張儀才甘心，所以張儀就被送入楚國的牢獄。

他會死嗎？

讀者想想也知道，鄭袖還欠他的情呢！而且詭計多端的張儀，在事前也賄賂楚王的佞臣靳尚，靳尚就跟鄭袖說：

「上次張儀也曾經幫過夫人的忙，請夫人現在救他一命吧！再說，放了張儀對夫人也不是沒好處的，因為他是秦王的左右手，秦王是不可能失去他的。如今秦王見到他可能被殺，必然會割地，並送來美女，以紓解大王的憤恨，而到那時候，夫人豈不是又多了一批競爭的敵手？」

果然，在鄭袖溫言婉語的陳情下，比千軍萬馬都還管用，最後，張儀被釋放了。

不久秦惠王死去，武王新立，六國又開始準備合縱。此時的楚國，就產生了親齊派與親秦派。

鄭袖隱然是親秦派的首領，而懷王也因他們這一派的進讒，死於異鄉。

話說秦武王在位後不久，就為了逞強舉鼎，結果臏骨斷折，一命嗚呼。改由秦昭王即位。

即位後的秦昭王，不斷的賄賂財寶給楚王，所以楚王跟昭王的「交情」很好。

有一次，昭王遣人告訴楚王，願與他相會於武關，結約敘舊。

親秦派的一干人，當然都要懷王赴約。他們說：「秦國猶如虎狼，只能用和平的手段跟他好來好往，要不然，讓他沒面子，生起氣來我們豈不全完蛋。」

楚王在他們慫恿之下，就這樣一去不回，被擄去咸陽了。

楚國新即位的頃襄王，也不敢惹怒秦國（怕秦國一怒之下，發兵來攻還不要緊，若將懷王送回，又該怎麼辦？）所以親秦派依然得勢，屈原也因而被放逐到江南，投江自殺而亡。

而懷王在有國歸不得之下，積怒成疾，不到三年，就客死在秦國。

楚國為保全苟安，更頻頻割地與秦，沒多久也步上覆亡的道路。

至於鄭袖這個傾城傾國，殺人不見血的「禍水」，下場如何，也不得而知。

※　　※　　※

說完兩位「開路先鋒」的故事，再下來，自然就是集大成的武則天了。

關於武則天的秘辛、艷史，在一些史家手寫的傳記資料，或在野史奇談上，已有許多的記載。

不過，在談她對高宗的勾引與欺騙之前，先來看看「唐書武后紀」其中的一段記載。

這對武后的情史與政治生涯，有比較簡潔的描述。

「太宗聞其有色，選為才人。

太宗崩，后削髮為比丘尼，居于感業寺。

高宗幸感業寺，見而悅之，復召入宮。

久之，立為昭儀，進號宸妃。

永徽六年高宗廢皇后王氏，立宸妃為皇后。

高宗自顯慶後，受苦於風疾（風濕），百官奏事，時時令后決之，常稱旨，由是參預國政。

高宗春秋高，苦疾，后益用事，遂不能制！

……上元元年，高宗號天皇，皇后亦號天后，天下之人，謂之『二聖』。」

所謂「宸」，是指帝王居住的寢宮而言。

往往也專指皇帝本身的意思。因此，若讀中國古書，經常會看到「宸衷」兩字，這正是指皇帝的心意而言。

所以，「宸后」這個稱號，向來只有皇后可以專用。

如今武則天，竟被進號為「宸妃」，真是開了史上的先例。

當然，她的地位還是比皇后低一級的。因此，一般還是認為，武則天先迷惑高宗皇帝，而入宮封為婕妤，再立為昭儀，進號「宸妃」，最後再立為皇后。

假使，我們說她是用勾引的手段，那麼，她到底是怎麼個勾引法呢？

這的確耐人尋味。

可是，有關這方面的「祕史」，僵硬刻板的史書，也只記錄政治上表面的一層，骨子裡的黑暗面，卻並不記載。

不過，也有一些稗官野史是以平民的感覺，深入地探討宮廷裡的「曲折」。這些書籍，亦可供作參考的。

當然，其中真實的內容，唯有詢問身在黃泉的當事者才能瞭解。

所以讀者們，對於本書說法要當成史實來看，自然可以，若認為是某些小說家的傳聞，也無妨。

武后是荊州都督武士彠的女兒。

在她年方十四時，唐太宗在武氏家見過她，覺得滿意，所以宮中選拔美女，武氏就這樣被納入後宮。

依照唐朝後宮的條列，皇帝有一后、四妃、九昭儀、九婕妤、四美人、五才

人，以及三班侍女（各二十七人）輪流替換，服侍君王。

武后在此時，也只不過是個六級的才人，地位算是低微。而聰明幹練的她，在宮中只是專管皇上衣庫的「平凡」人，就這樣到二十六歲，英武的太宗也垂垂老矣！

武后是鬱鬱不樂的，她不甘心啊！

她自認有足夠的才智，她不僅是個管庫房的侍女而已啊！

這地位對她這樣睿智的人而言，實在是不配的啊！

她要另謀發展！

她看中了一塊寶，那就是太子李治。

當然，她決不會笨得形諸於色，尤其太宗雖老，可是還精明得很哩！

她努力著，她期待著，她更潛心於化粧術，並研究最適於她臉型的髮式，她已不再是青春的少女，而小她五歲的太子，還嫩得很哩！

要吸引他的注意力，可要耗上一番心機。

終於太子李治，在父親的住處，見到這位小美人，不禁為之神魂顛倒。（這李治本就是個多情種子哩！）

有人認為，在他父親活著的期間，太子就與武后通情，而且此時的太宗，已染病居於含風殿中了。

太宗死後，武后即削髮為尼，這是當時後宮的風俗，認為帝王駕崩，侍妾就宜至道觀為尼，以示潔身守節。

就這樣，武氏住進了京都附近的一座感業寺。

當她與「行幸」感業寺的高宗會面時，她哭了……。

是見到以前的戀人，感極而泣呢？還是為引起注意而哭？這就不得而知了。

總之，李治為她的熱淚所溶化了。

於是下定決心，要帶她進宮，並要她也把頭髮蓄好。

聞知此事的王皇后，也有一個想法。王皇后為自己的心事，曾經也流過多少傷心淚啊！

原來在宮廷中，她有個強勁的對手，這人就是蕭淑妃。

蕭淑妃年輕貌美，綽約多姿，口才利捷，能言善道，皇上對她的寵愛，遠勝她這空有虛名的皇后。

而且，她又未替皇上生育一男半女，善媚的蕭淑妃，已為高宗生了個寶貝兒

子（即許王素節）。

更令人著急的是，她還聽到謠傳，蕭淑妃在皇上面前中傷她，準備奪取她的地位。

如今，高宗皇上既然有意將先王的才人召回，這對她而言，多少也是一種助力，她相信，這才人會感激她的，會成為她的心腹。

兩個同仇敵愾的女人，對付一名女子，勝算是要大些的——這豈不正是「以毒攻毒」？

王皇后笑了，她很得意，覺得這辦法是再好不過的，她也相信，一個侍候先王十多年的才人，諒也不致太會興風作浪！否則怎可能地位老升不上去？

而且，像她那種女人，青春已是消逝，皇上所以看上她，想來不過是「偶一為之」罷了，不須對她太提防，入宮後，她自然還要幫著她，把地位抬高些，好與她夾擊蕭淑妃。

如意算盤打好，皇后遂也為她的再度入宮斡旋。

等武則天的秀髮長的夠長了，她終於又回到曾經服侍先王十多年的地方來了。

這是甜言蜜語誆騙的開始。

不過，她的欺騙手段，在進宮之後，又轉移到另外的敵手，那人正是王皇后。

在《新唐書后妃列傳》上記載，武后巧慧而善權變，剛入宮時，便以感恩之心，屈身服侍皇后：

「才人（武則天）有權數，詭變不窮。始下辭降體事后。后喜，數譽於帝，故進為昭儀，一日，顧幸在蕭（淑妃）右。」

腦筋靈活，謀略又多的武則天，入宮之後，一切都如王皇后「所料」，皇后很得意她所導的一齣戲。（究其實，誰導誰演，還不知道哩！）

王皇后的推薦，使武則天由初進宮的婕妤，躍上昭儀，準備與淑妃相抗衡了……。

果然，武昭儀的手腕，比淑妃更高，而高宗對她的寵幸，更在淑妃之上。然而，這又使王皇后開始不安了……。

這還是後話，我們再把時間撥前一點。

入宮的日子終於來到了。

然而在朝廷裡，為這件不光采的事，開國元勳與輔國大臣，均已群集而大發

議論了。

讓先帝的妃子，再度入宮，這實在是荒謬絕倫。

只有在緊急關頭才響的鐘，噹噹地響徹紫宸殿。

受先帝遺命，輔佐高宗的中書令褚遂良，那蒼白的臉上，表現出一副必死的決心……。

褚遂良是唐代的名臣之一，也是著名的書法家。在他傳世的法帖中，如大字陰符經、雁塔聖教序、倪寬傳贊等，都是非常享譽盛名的絕品。

然而，輔國大臣決死的忠心，又算得了什麼？

高宗此時，早已魂飛九宵了……。

「皇后，實在太感謝你了！實在真不知如何言謝才好啊！」

說著，說著，言談之中，就呈現著一副渾然忘我的得意貌……。

春天嬌柔的微風，輕輕地拂動著，夜幕開始低垂，月兒正慢慢地升到琉璃瓦架疊而成的朱閣上。

美好的月色，映襯著無限春意，也惹起情人不盡的綺旎遐思。高宗已坐立不安了。

不聽太監與宮女們的勸止，立刻趕往他那心愛媚娘的寢宮。

也不要人陪伴，輕快地踩著玉磚紅階，小跑而去。

媚娘洗盡一身的風塵，還在細心地妝扮呢！

毓麟宮內，薰香繚繞，映在翠玉罩燈下的宮女們，個個身影，也顯得妖艷動人。

龍床的設置與御宴，還正在準備當中。

「媚娘呢！媚娘在那裡？」

而對著心急的高宗，宮女們答道：

「陛下，婕妤還在整妝。」

高宗聞言，趕忙跑到武媚娘的寢宮。

好色的高宗，此時已騁馳狂想於無際的慾海中，形同瘋狂的野獸一般。

妝扮中的武則天，早已獲得宮人的通報——高宗來了。

雖知高宗心急的武媚娘，一點也不緊張。

面對著海馬葡萄大銅鏡，從容悠閒，慢條斯理地，塗抹香粉蘭膏……。

「熬過十多年，現在正是我出頭的日子！」

「鴛鴦帳中，必使君王為之銷魂……。」

嘴角盪漾著笑意，好不容易，插上一對雙鳳碧玉簪，緩緩地起身。

那姿態，像極月宮裡的嫦娥。

「我還是年輕的……。雖然我比他大……。」

武媚娘正思忖著，高宗進來了……。

「媚娘拜見皇上！」

清徹嬌甜的聲音，使得高宗為之一震。

「媚娘！幾年不見了！」

「妳一直都沒變啊！」

「皇上！久等的歲月，都把人催老了！」

高宗情不自禁，攬抱著媚娘的雙肩，深深地嗅聞她那撩人的體香。

綿綿情話之後，兩人互相牽引著手，共進晚宴。

宮女持壺，在黃金雕製的酒杯上，滿滿地斟上美酒。

「來、來、媚娘讓我們為今日的歡愉，乾杯！」

高宗高舉金杯，與武媚娘喝起相逢後的第一杯酒。

旁側的數十位宮女，也奏樂助興，使滿場的氣氛，為之熱絡起來。

然而，媚娘經過一陣喜悅後，心中似乎又有幾許憂愁。

一剎那間，在她的美目中，竟噙滿著眼淚，而順著綃紅的粉腮緩緩地滑落下來……。

「媚娘！怎麼了？什麼事使你不高興嗎？」

高宗擔心驚愕地輕問道。

「這幾年，真如一場夢啊！而今，終於能隨侍在皇上身邊！」

那揮淚怨訴般的嬌態，令高宗為之渾然忘我。

高宗不禁伸手插入她那軟膨膨的袖口，使勁地抱住她。

「媚娘，我不會再讓妳離開我了……。」

媚娘纖弱的身軀，順勢倒在皇帝的胸前。

「阿治！是真的嗎？阿治，你會騙我嗎？」

「傻媚娘！天子豈有戲言？」

「喔！阿治……。」

仍在整頓寢宮的侍女們，迎接抱住媚娘的陛下後，悄悄地離去了。

久別的情侶，撩開鴛帳，倒向那軟綿綿的龍床上。

苦短的春宵，代之而起的，是一抹東方的灰白，歡愛的浪潮，在黎明來臨之前，已逐漸歸於平靜。

東方昇起的太陽，從殿上金碧輝煌的琉璃瓦，開始顯現出它的嚴威。

但是龍床上的一對愛人，正熟睡著呢！

逐漸地，已是日正當中的時候，仍沒有動靜……。

翌朝，又過了一日了。連續幾天的晨昏顛倒，讓李治享受「前所未有」的歡樂，他疏懶了。

他要擺脫，他要擺脫這猶如樊籠的政治生活……他要的是快樂！

四天、五天過了，皇上都未出席朝議。

長孫無忌、褚遂良、上官儀為首的一些輔政大臣們，都非常心痛。

「平常體弱的皇上，若是有什麼萬一……」

「為什麼皇上不早朝？」

於是派遣使者，前往毓麟宮，恭請聖駕。

精神一如往昔的武媚娘，盪漾著一股難以言喻的笑意，一邊輕搖著聖體……。

「不，叫他們統統退下，天下的政事，也抵不上這裡的一睡。」

一看到武媚娘艷光撩人的目光，便又抱住她那溫潤香軀，再進入夢般的世界裡去。

透過半透明的鴛鴦紗帳，悄悄地偷窺半裸帝妃的交歡姿態，宮女皺著眉離去了。

這還只是勾引的最初手段，而高宗就已經像聽任擺布的無能色情狂。

而大臣們，也似乎被一名女子戲弄於掌中的木偶一般。

這下子，男人變成弱者了！

不過，這只是百姓們暗地裡的風謠罷了。

當時朝野的話題，大多圍繞在朝鮮白村江（白江口）上，一齣驚心動魄的中日大會戰。

攻滅百濟的盛唐，在西元六六三年，由劉仁軌率軍，與幫著百濟復興而前赴戰場的阿倍比羅夫發生了爭戰。

阿倍比羅夫所率領的日本軍，共二萬七千人，在白江口一戰，日軍全軍覆沒！

在唐朝攻滅百濟之前（西元六六〇年），日本第四次遣唐使遠離日本前來中

國，而在洛陽拜謁了高宗。

然而唐朝深恐征伐百濟的機密洩漏，於是扣留並軟禁了遣唐使。

隔年，即西元六六一年，才允許他返國。

所以，唐朝的大臣們，並不是好玩弄的木偶，高宗也非同小可，可算是一位擁有驚人外交手腕的皇帝。

只不過，他們畢竟輸給精力超大的女子。

這大概是注定高宗皇帝要拜倒於武則天的石榴裙下吧！

一遇到「色」，賢明的高宗，就變得跟初即位時的高宗判若二人了。

這不能因為是古代的事情，隨便說說就算了。

因為在我們的周圍，到處都有這麼一類的人！

大概這「情」、「色」總是比較特別一些吧。

往後，二人的情形，到底發展得怎麼樣呢？

皇后的不安，並非沒道理的，以前，皇上對蕭淑妃的寵愛，還不致於疏懶政事，不想如今竟到如此可怕的地步。

「真是引狼入室啊！」王皇后感嘆著。

她如今才真正相信，「人外有人，天外有天」，她已難控制當初這位體貼於己的武媚娘。

「媚娘！」

取名倒真取對了，她真是得寵於一個「媚」字啊！

王皇后要驟諫，她要喚回高宗清明的理智，她實在看不過去，也忍耐不下去了。

皇后闖入二人的寢殿，含著醋意地譴責道：

「帝不出朝議，如何能熟悉政務？」

皇后以責怪的眼光，瞟了媚娘一眼。

「朕頭痛！賤人！」

然而，高宗的回應卻是這麼驚人的語氣。皇后的尊嚴瓦解了，多年夫妻的情愛，換回的是一句「賤人」！

這種打擊，叫她如何受得了？

楞了半晌，她掩面大哭，奔回寢宮……。

怒斥皇后以後的高宗，心情頓時彆扭起來，連聲哀嘆著：

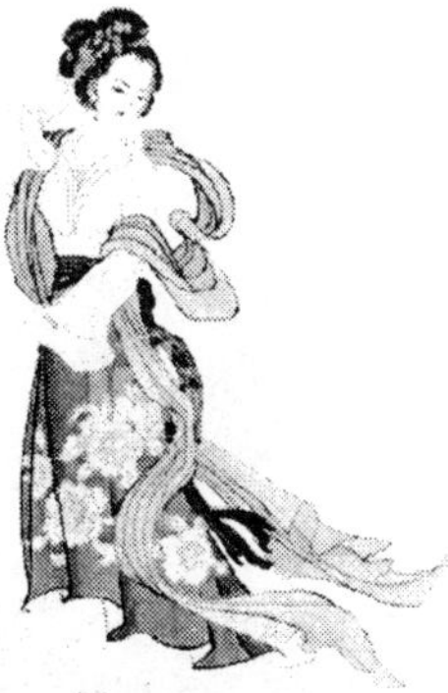

「囉嗦！囉嗦！」

武媚娘一見機會不可再得，伶俐的說道：

「阿治，你也別太傷神，讓我也幫著你分擔一些辛勞吧！你挑幾項簡單的奏章，讓我學著批，順便幫你蓋上玉璽好了。」

就這樣，武后終於開始代行皇帝政務。

西太后的政治參與，大體上，也是這樣過來的。

然而，武氏確有她的一套，高宗佩服她的才能，而且他又可以不必再為政事煩惱。

武則天就這樣以肉體的取悅，及政事上的分勞，如三級跳般地升格為宸妃。

人的慾望是難以填滿的，當他（她）一達到高位，通常都想，往更高的一層樓上爬。

特別是，在宮廷中，還有高她一級的皇后寶座，橫擋在面前。

無論如何也要把它弄到手，像她這種天縱英才，怎堪退居於平凡愚蠢的婦女之下。

她想了個辦法……。

這是不人道的，人性在呼喚著她，但她一定要做！權力慾望，已控制她整個心神……。

「女兒啊！原諒妳不得已的母親吧！」

武則天竟把自己親生的女兒，以王皇后持用的繡帕勒死，嫁罪給皇后。親手勒斃初生的女嬰，是她在昭儀的時候，與皇后即將發生決裂之前所下的毒手，因為那時候，她已毋須倚賴皇后的勢力，她已完全掌握住李治的心，開始要與皇后「鬥爭」了。

就在皇上斥退皇后不久，這位狠毒的母親，幹下這滅絕人倫的事。由於王皇后沒有子嗣，所以她很喜歡嬰兒，雖然她也逐漸感覺到武昭儀對她的威脅，她還是忍不住去看昭儀剛生下不久的女嬰。

武氏知道皇后要來，就故意避開。然後以移花接木的方式，等皇后看過後，勒死女兒。

誰都不會懷疑一個懷胎十月的母親，會犯下這種滔天大罪啊！

高宗有意廢掉皇后，而讓心愛的媚娘充代，進號宸妃，也只不過是一塊跳板罷了。

當然，媚娘已知道，現在的皇上是她一人獨有，皇上不僅信任她，對她也是言聽計從。

於是，她進一步的誣告說：「皇后心懷怨恨，與她那常出入禁宮的母親，以媚術巫蠱咒詛皇上。且這事，與蕭淑妃也有所牽連。幸好她細心偵查，終於起獲一尊木偶人。木偶人被釘了釘子，背上還有高宗的生辰八字。」

高宗聽了大怒！原來他身體不好，都是皇后搞鬼，他將皇后及蕭淑妃，一併廢為庶人，而囚禁起來。

就這樣，武氏終於奪得皇后之位。

在這廢后期間，又發生一件有名的故事。

那便是忠臣褚遂良，犯顏直諫，以額叩地，血流滿身，高宗仍無動於衷。於是褚遂良還笏（大臣所持的象牙板）求去，高宗一怒，把他貶到如今的貴州小縣。

然而，就算皇后與淑妃，被廢為庶人，事情仍未結束！

都是多情的李治惹的禍，他害得這兩個可憐的女人，死無葬身之地。

本來這兩個女人在囚院裡，武后還覺得安心。不意有一天，李治心血來潮，

實在覺得於心不忍——就像當初武才人在感業寺一般。

於是偷偷的跑去看她們，在後宮裡，他發現一個院門深鎖，門上的銅環也都長銅綠的宅院。

他想，準是這兩個女人被囚的地方，於是就在送飯的小洞中，喊道：

「皇后、淑妃，你們在這裡嗎？」

我是阿治啊！

聽到我在喊妳們嗎？快來啊！」

果然，裡面有匆匆的腳步聲：

「皇上！皇上！皇上！臣妾如今已是囚房的罪犯！怎擔當得起陛下的尊稱……。

皇上如果還記得舊日的恩情，就請放我倆重見天日吧！我倆別無所求，只願吃齋念佛，以求皇上萬壽常青，無災無病。陛下！請答應我倆這小小的請求吧！」

李治唯唯諾諾，無可奈何地離去。

這消息很快就傳進武后的耳中——宮中遍佈她的情報網，使得她可以瞭如指掌。

她動怒了！

「這兩個女人一出來，還有我武媚娘存在的餘地嗎？」

「這兩個蠢婦，可真蠢到極點了。」

立刻下令，將二人刑杖一百，卸下她們四肢的骨節，再把手腳倒綁起來，塞進釀酒的甕裡。

「讓你們兩個醜惡的老媽子，骨醉筋酥的與世永別！」

當兩位女人得知要受如此處分時，皇后道：

「我太笨了，宮中這地方，本是弱肉強食，那有笨人存在的餘地，我早該死了！」

蕭淑妃卻不甘心地破口大罵：

「妳這狐狸精，騷娘子，宮廷讓妳翻覆到這田地！

我恨妳，我恨不得生剝妳的肉！吞食妳的骨。

我要發下重誓，讓我來世變做一隻貓，讓妳像老鼠一樣，看到我就怕！我要在黑暗中，跳出來咬斷妳這亂世淫婦的頸脖子。皇天在上，后土在下，媚狐狸，你就走著瞧吧！」

兩個女人雖然死了，可是在武后的內心深處，也烙下一抹陰影。

她怕貓怕得要命，又似乎常見到披頭散髮的鬼魂，於是她下令，六宮不得養貓，並請巫覡來祝解。

等多病的高宗一死，武后掌握絕大的權力，她更放縱了。

在高宗生前，她早已是愛偷腥的貓兒了。

高宗三十二歲不到，就已體衰多病，他有關節炎，又兼頭暈、背痛頭疼、兩臂酸麻、精力日益衰退，精神也難以專注了。

一個多病的男子，又如何駕馭得住一頭虎狼之年的「野獸」？

武后便向外求發展，起先她召進巫醫郭行真，其後又勾搭皇上身旁的按摩師明崇儼，可是暗路走多了，總要碰上鬼！高宗發現她似有不檢的行跡，而且宮中多次的謀殺案，又像都跟她有牽連。

他決意要廢掉身旁這個可怕的女人，於是和大臣上官儀討論此事，要上官儀草詔廢后，雖然小心保密，消息還是傳到武后的耳裡。

武后大為震驚，居然有人要消滅她，而且竟是一向聽話的「綿羊」。

她氣沖沖地走到高宗的書房，一下子就把「綿羊」馴服了，上官儀也因而被斬首棄市。

這位上官儀，正是初唐有名的詩人，曾經創造一度流行的「上官體」。

武后自此，體認到周圍有太多雙眼睛，盯著自己，也因而收斂些了。

高宗駕崩，兒子中宗李哲即位，她順理成章地登上皇太后之位。

享過太多權力之後，她稍顯得有些「彈性疲乏」。

政權滿足後，她要求的，只是享樂，現在她不再勾引男人了，卻要讓男人來引誘她……。

她又弄進一個人，這人本是在洛陽鬧市，打拳賣藥。他同時也以御女奇術自誇，出入王公宅第，名字叫馮小寶。

這馮小寶本是千金公主（與武后平輩）的面首，千金公主一死，剛好就由武后接收過來。

小寶高大健壯、闊嘴濃眉、鼻梁挺直，與他的姓名完全不相稱，因此，武后將他剃成光頭當和尚，並也改名為薛懷義。

這是因為太平公主（武后的任性女兒）嫁給薛昭，武后命薛昭叫小寶阿叔，所以他就改姓薛。

由於中宗李哲不是當皇帝的料，因此，武后不久便廢了他，又換上兒子睿宗

李旦。

可是這李旦，優柔寡斷，因而一切還是在武后的控制中。最後，乾脆自己僭位稱帝。於是李哲徙往房州，李旦被幽禁在東宮。

現在，武皇帝已是六十多歲的老太婆，可是她努力地保持青春，用珍珠粉、人乳、清露，等等一切可以養顏的稀品，所以，她看上去還是那麼年輕，而有著成熟的風韻。

逐漸地，她的視力也開始模糊了。

她知道她是老了，上天對於世人，不論貴賤，在這方面，都是公平的（只有早晚之別罷了）。

她厭惡老，她不忍看到老醜的東西，薛懷義在她眼中，已不年輕了。

雖然他還那麼壯偉有勁，但也出現中年人的特徵——腰圍多了層油。

即使他還能夠滿足她，即使他還那麼地有「衝力」，她也不忍見到這層油。

薛懷義也發覺自己，已不足攫取武后的心了，於是又找來幫手——洛陽薄倖少年張易之。

張易之有著得天獨厚的本錢，他有一副讓女人一見著迷的面孔，及一身滑膩

而富彈性的肌膚。

年華老去的武皇帝，在他這裡找回了青春，就這樣寸步不離的守在一起。他不像薛懷義那樣地粗獷，可是他有薛懷義所不及之處，他是「多采多姿」的，武皇帝與他在一起，是從無厭倦的。

身在富貴中的張易之，還不忘「拉拔」弟弟張昌宗，也把他帶來給武皇帝當做另一位玉人欣賞。於是，這人稱「蓮花六郎」的張昌宗，也同受武后的寵愛，而稱他們兄弟是一對璧人。

被冷落一旁的薛懷義，也就因而被調到邊境，與突厥打仗，後來突厥不戰而屈，薛懷義凱旋歸來，竟更加猖狂。

「他太粗氣，也知道太多秘密了！前次，我故意命人縱火，焚毀天堂神宮，他沒有燒死，才派他上戰場。如今，他又回來，卻變得如此囂張，竟敢招納無賴少年，聚黨橫行，簡直是想造反！他該死！」

於是，暗命女兒太平公主調遣粗壯的宮女，又加派一些衛兵，然後招誘薛懷義進宮，在刀棍齊加之下，成了罌粟花底的風流鬼。

而張易之，張昌宗兩兄弟，就正式成為武皇帝晚年的兩名「寵妃」。

即使爬上最高峰的人，最後還是要走下坡「回歸」的。

八十出頭的武皇帝，已如風中殘燭，正搖曳著些微的餘焰，但張易之兄弟，仍侍候在這老婦人的身旁。

病中的武皇帝，再不能控制整個大局了。

宰相張柬之等人，在沒有流血的政變下，把老婦人所握的政權，又移交給中宗李哲。

至於「男妾」易之、昌宗兄弟兩人，則授首於武后晚年所住的迎仙院。

一齣轟轟烈烈，精彩動人的好戲，就此謝幕！

像這樣爬上高位的女性，運用她那聰敏的智力和手段去勾引人，並享受被勾引的歡暢，而終其一生，在中國史例上，實在是罕見！

然而，在另一方面，她在政治上的成就，仍受到非常高的評價，也算是個知人善任的英明政治家。

十、薄情詩人與被輕視的兵法家

讀者們看到這題目，一定大為詫異！心想詩人與兵法家，怎會合併在一起？因為按照一般常理，凡是身為文人，就必須具備濃郁的情懷，然後才能運筆成風，灑翰垂珠。

而一個「不以物喜，不為物悲」的寡情薄義之人，根本就不能成為享有盛名的文學家。

讀者如果看過現存最早的一部文學評論專著——劉勰的《文心雕龍》，就可以發現，他是多麼注重情感。

所以他會說：「歲有其物，物有其容；情以物遷，辭以情發。」（一年四季的景物，各不相同，情感便因周圍外物景觀的改變而有所更移，於是不得不發為辭章，以表達出自己的豐沛情感。）

而我們現在竟要談詩人的「薄情」！

一般兵法家乃是戰爭的主腦人物，他們的主要任務是出奇制勝，以達戰爭的

目的——打倒敵人。

譬如在漢高祖身旁，充任參謀的張良，他能夠「運籌策於帷幄之中；決勝負於千里之外」。

像這類軍事人物，自始就廣為眾人所尊敬崇拜，然而如今這類兵法家，卻被人所「輕視」。

由於詩人和兵法家兩者都是「當然而不然」，所以本書也就把他們牽扯在一起，一併加以敘述。

一提起文人，想必接觸過中國文學的讀者，一定會聯想到魏文帝曹丕，他在典論論文裡所說：「夫文章者，不朽之盛事，經國之大業。」把文人的地位，提得多高！

早在尚書裡頭，已經把「有文德之人」稱做「文人」，文侯之命言道：「追孝于前文人。」就是說，要承繼前代有文德的人，去行使孝道。

然而演變到後來，卻有「文人無行」的說法，這實在是對一個讀書人莫大的恥辱。不過無風不起浪，無火不生煙，文人所以被稱作「無行」，也不是沒有原因的。

這大概是發生在唐代的事。當時的科舉考試，分為明經與進士兩科。明經是專重經書注疏的記憶，因為比較簡單，有才氣的文人都不屑一顧，他們均以趨向能夠進士及第為目標。

而進士的科目，則以時策、雜文、詩賦為主，較富於變化，社會大眾也對進士科較尊崇。

這些還未考上進士的青年才子，生活都較冶遊浪漫。常常流連於煙花柳巷，與青樓歌妓、唱酬接歡，以為樂事。

因此難免帶有一點輕浮的「浪子味」，故而逐漸地看輕文人的德行。

尤有甚者，一些人更以為沒有「德行」，才算得上真正的文人，所以，像杜牧，在他的遺懷詩裡，就坦承不諱地說：

「落魄江湖載酒行，楚腰纖細掌中握，
十年一覺揚州夢，贏得青樓薄倖名！」

或許有他這種處處留情的人生觀，才會說出「多情卻是總無情」的名句吧！

到宋代，理學逐漸興盛，他們對於「文人」二字，印象可不太好。

如宋史裡記載劉摯說：「士當以器識為先，一號為『文人』，無足觀矣。」

我們如在唐朝，看到文人對他曾經愛過的女子，輕易地甩棄，基於「無行」的觀念，一點也不足為奇，然而，在下文所要敘述的，卻是宋代時一位家喻戶曉的全才文人，這才是有點稀奇呢！

又關於中國古代的兵法家，讀者一定會聯想到替吳王闔閭操練一批娘子軍，使她們進退左右，整齊劃一，而且又寫成孫子兵法十三篇的大人物。

假若我們說「文人相輕」，倒不如說「同行相忌」，範圍來得廣些。所以凡是熟習一點軍事謀略的人，對兵法家就不怎麼看重，這乃是原因之一。

其次，凡是偉大的兵法家，名聲絕不可能倖得的，這在每一行業都一樣，只要是這一行的佼佼者，必然具備這一方面的特有天份，而天份是學不來的。

只要一提到西漢時代的飛將軍李廣，大家一定都會領首同意了。

在《史記》裡所記載的李廣，臂長如猿，頗易於拉滿弓，所以，善射是他的天性，即使他閒居在家，也不太喜歡講話，只喜愛搭弓射箭或是在沙地上擺下陣勢，自己做一番「沙盤演習」。

他帶領軍隊，也有自己的一套，不跟別人一樣，他的部伍行陣，既無嚴明紀律，也不派人去當探哨兵，晚上駐紮在營地，亦不命人站衛兵，人人一切自便，

可是卻安全無恙，連匈奴也怕遇上他，而稱他「飛將軍」，可見這全是天才軍事兵略家的風範，旁人一點也學不得。

對那些只會依照兵略行事，而不善用機智、頭腦的統帥，是讓人看不起的，而即使是對曾經著作兵書且流傳後世的兵法家，在這種天才軍人的眼中，自也覺得他「並不怎樣」。

所以在講過薄情詩人之後，我們就接著提兵法家遭人漠視的故事。

一提到宋代大文學家蘇東坡，誰不知道他是個大詩人？提到春秋戰國時代的孫子、吳子，誰不知道他們是鼎鼎大名的偉大軍事家？

尤其是前者的孫子兵法，曾經從山東省的漢墓裡挖掘出一批竹簡來，更是廣受二次世界大戰之後，世人（尤其是軍事家們）的注意。

對這些因有著豐功偉績，或卓絕文名的人，在一般人的觀念中，似乎早已經被神格化了。

因此，對於他們人格的另一面（指不怎麼光采的），往往就不成為談論的話題。

一個人要是被神格化，就變得毫無趣味。因此，還是替他們加點「味」兒，

也好讓他們有點「人氣」！首先來談蘇東坡。

蘇東坡名軾，字子瞻，東坡是他的自號。他是宋代文學全才的第一人，不僅詩、賦、詞、文樣樣精通，還是兼擅書法與繪畫的全能之士。讀者們對他或許已是瞭若指掌了。

自古以來，文人和政治總是脫不了關係，所以他自然也參與政治，而且是朝廷的重臣。

但是，正礙於他那直言不諱的癖性，與天資的聰穎，鋒芒畢露之餘，往往不經意地在文學的談笑間，得罪了別人。

因此而入罪下獄，或被流放他鄉，然後又因政績遠播，而被召還，等等類似拉鋸戰般的命運。

在他一生，前後被貶遷至杭州、湖州、黃州、海南島（瓊州）等多處地方。最後，他從流放的所在地——海南島，經由大赦而北上，歸途中，在相當現今上海附近的常州病死了。

傳說故事是發生在東坡與新法推行派，發生齟齬之後，宰相王安石大怒，而下命令把他流放到湖北黃州。

行前的東坡，自有一段閒居的生活，於是，就有如下的說法：

東坡雖是被貶到黃州，總是和流放到大島不同，較有許多閒暇時間，可以消磨。

在出發前的晚上，同在朝廷擔任重職的蔣姓朋友，為他擺設宴席。所邀請的全都是蘇東坡的眷屬，蘇東坡的姬妾們，也在邀請之列。

在這些姬妾當中，有一位名喚春娘的年輕美人。

我們推想事情的前因後果，可知蔣氏餞別東坡，恐怕還是別有用意！大概蔣氏早已對這位美妾——春娘有了愛戀之心……。

當酒過三巡，賓主盡歡的時候，蔣氏試探的說——「春娘，你也將隨你家主公，千里迢迢地趕往黃州嗎？」

春娘正想回答，東坡卻先接下去說：

「不，誠如你所說，這次前去黃州，路途遙遠，不是平常三兩天可以往返的行程，若在途中春娘有什麼萬一，那我實在不可饒恕。……

我正想讓她回娘家住一段日子。」

蔣氏一聽，不禁無言以對。

但是，蔣氏一想今夜一別，機會恐怕再也難得，所以，最後只好厚著臉皮表明心跡——

「東坡兄，請恕我說句不客氣的話。

其實，我絲毫沒有強奪君子之所好的壞心眼……。

我的住處，如今正飼養一匹駿馬，不知能否以此與春娘交換？也可以免得讓你多操一份心。」

在中國的古代，一般士大夫階層，亦即公卿顯貴們，在宴會時，常讓家中的侍女們，周旋於賓客之間。

若有賓客，對某侍女看了很順眼，而表示傾慕之意時，往往就會和主人「商談」（當然是有關身價問題）。

如果價碼談得攏，且又徵得侍女的同意，那麼「好事」也就敲定了。

因此，讀者們若對蔣氏這樣的請求，覺得甚為荒謬無理，那就是對實情不了解。

此時，蘇東坡慢慢地將酒杯放下。

「也好，蔣兄若是覺得春娘還不錯，那就『委任』與你了。」

唉！與其和我一同遠行，頻受舟車勞頓之苦，不如送回娘家。但相較之下，我想委託蔣兄，對春娘的一生或許更好。

春娘若因此而有些許幸福，我也無話可說。」就這麼回答他了。

蔣氏得到蘇東坡的應允，一時春風滿面，立刻絞盡腦汁，作了一首「喜獲佳人」的詩句，東坡也與他相酬唱，兩人都覺得稱心如意，開懷無比。

但是噤口不言，垂首凝聽的春娘，「哇」！的一聲，竟哭伏在地，春娘以啼血般的聲音叫道：

「學士！妾不想離開您身邊。

妾一心指望與您，天涯海角共生死，就算是吃再多的苦，也不在乎！

請您帶春娘一同前去黃州吧！」

此時，滿座為之悄然。兩個開懷暢飲的大男人，再也笑不出來了……。

「春娘，我是為你的幸福著想，才做此決定。蔣兄做人，體貼溫柔，所以我才安心把你交給他，你千萬不要誤會啊！」

東坡拼命地安撫她，心中以為，蔣氏若不那麼早提出，用馬與春娘「交換」就好了。

但是，接著春娘又說：

「妾長年跟隨在學士身畔，耳濡目染，多少也懂一點經書上的道理。在春秋時代，出現孔子這麼偉大的人物。當時，正好有一馬廄，發生大火，他退朝之後，才知道這消息，第一句話就是：

『有沒有人受傷？』而不是問馬匹傷亡的情形為何。

然而，方才竊聽二位大人的談話，卻是要用馬與妾身交換。

這做法豈不是輕視人而尊崇馬嗎？

聖人曾說：『親親而仁民，仁民而愛物』，如學士般的飽學者，又怎會不懂這其中的道理呢？

如今，在街上到處聽人唱道：

『行路難，難重陳！人生莫作婦人身，百年苦樂由他人！』

我的遭遇，不正是如此？

如今才知道，殘酷人生的悲哀，教妾到底該怨誰好呢？」

在一個「女子無才便是德」的社會裏，春娘竟能侃侃而談，甚至還引用《論語》中的道理與白樂天的詩句，做如此般地哭訴。蘇東坡和蔣氏，連一句話也答

不上來。

當他們正感慚愧之時，卻忽見春娘猛地一轉頭，快步往欄杆跑去，望著樓下庭院裡的一棵大槐樹，便縱身一跳。

這不過是轉瞬間的事，但卻成了不可挽回的定局。

蘇東坡抱起鮮血淋漓即將斷氣的春娘，嘶喊道：「春娘！春娘！妳誤解我的真意了！

原諒我！春娘！原諒我啊！」

如此的哭叫嘶喊，卻再也聽不到春娘的回答。

因而東坡詠嘆著：「世事一場大夢，人生幾度新涼。」

當然，這正是因春娘所作的一場大夢啊！

後世的人，為此事，也都責怪蘇東坡是個負心的薄情漢。

但是，也有人認為當時的蘇東坡，窮極潦倒，寧願強忍內心的傷痛，也不願讓愛妾多受波折，這一切全是為愛的緣故，才答應蔣氏的請求。

若是後者，那麼，就像世上所共通的小說、詩或戲劇般，永遠不變的情節，更令人增添三倍以上的感泣。

而在另一方面，春娘對東坡的真情，不論怎樣，是一點也不遜於蘇東坡對他的愛意。

至於，她痛切地哀訴，人畜孰重孰輕的道德意識，也可視為人類一個永遠的教訓。

講完這個悲痛欲絕的故事！接著就來談談被輕視的兵法家。

首先，談論有關稀世兵法家——孫子與吳子的故事。

那是發生在漢武帝時的故事。

武帝，是眾所周知的雄才大略的皇帝。

他本來打算，要和遠居嬀水的月氏國聯合——夾擊匈奴，因而派遣張騫通使西域，竟在無意間，開拓舉世聞名的「絲路」，這是人人皆知的事實。

在他的朝臣當中，也有不少果敢英勇的人物，其中有一人，正是武帝的嫡妻——衛皇后的妹妹，衛少兒所生的兒子，名叫「霍去病」的青年。

霍去病以十八歲少齡，追隨叔父（衛皇后與少兒的弟弟）——大將軍衛青，加入遠征匈奴的行列。

「初生之犢不畏虎」的他，一度親率騎兵八百人，離開本隊大軍數百里，深

入敵陣斬殺匈奴，又擒捉二千餘名戰俘，建立奇功。

此時的他，也不過才二十二歲而已。

在英國歷來的傳統，身為貴族的即有領導人民，親臨戰場的義務。

而古代的中國，也是如此，那些貴族的子弟們，必須一馬當先，勇赴疆場。

從此以後，霍去病又屢次的遠征，與匈奴決殊死戰，屢建軍功，因而受封為「冠軍侯」。

在元狩二年，武帝對這位青年勇將，非常賞識，封他驃騎將軍之職，而日益親貴，足以比擬大將軍衛青。

同年秋天，匈奴渾邪王投降，武帝恐怕他詐降，而藉機襲擊邊境，所以，派遣霍去病前去接收。

當霍去病渡過黃河時，渾邪王的部下，卻起叛亂。

臨危不亂的霍去病，於是勇敢地馳入渾邪王本隊中，斬殺謀叛逃亡的匈奴將兵八千人，而將亂局鎮壓下來。

當他查明，渾邪王投降屬實之後，便先以「傳車」，送出渾邪王。

而後，自己親率匈奴降兵數萬人，渡過黃河，凱旋而歸。

這完全是一種大膽無敵，任情豪氣的作風，這時的他，只有二十五歲而已。

由此可知，優秀的青年，有時比老練而保守的「老成人」更管用。

武帝實在太喜愛這位智勇雙全的青年人，因此，為他大築宅第，並讓他去看看滿不滿意。

不料他應道：「匈奴未滅，無以家為！」

如此英風颯爽的豪語，武帝因此也更重愛他了。

而武帝為磨練霍去病的軍事才能，有心要親自教他孫、吳兵法，然而他卻不答應。

他的主張是：戰略是活的，貴能靈活運用，根本沒有學習古人兵法的必要——

「顧方略何如耳！不至學古兵法。」

基於他對自己才能的自負與信念，因而否定兵法的老祖宗——孫、吳兵書。

不過，他的用意也是對的。若任何事都墨守成規，必定不能有所進步。

霍去病在軍事方面的成就，確是令人敬佩的，而他每戰皆捷的好運，與空有一身才能，卻常常打敗仗的李廣相較之下，不禁令人懷疑，世上是否真的有個主宰人們命運的神靈？

而霍去病的為人處世，則不如他在軍功上那麼受人稱讚。

或許他一出生，就已是公卿貴族的子弟，因而不知道民間疾苦吧！

當他遠征異域，武帝還特地遣官運送十多輛糧車讓他享用，他因不愁吃穿，就變得奢侈浪費，如粱、肉沒有吃完，就輕易的把它倒掉。

而在他帳下的小卒，卻有快餓死的。

所以，若拿他與能夠和士卒同甘共苦的李廣相比較，大家還是比較偏愛命運坎坷的李將軍。

霍去病的一生，可以說是轟轟烈烈、絢爛無比的，然而這就如同曇花一般，開得耀眼，卻也消逝得快，在他去世時才二十九歲。

不過，否定「兵法之神」的，並不只霍去病一人，比他要早一百多年的狂飆英雄西楚霸王——項羽，也否定「兵法之神」。

根據《史記》上的記載，項羽是個力大無窮、威猛無儔、身長八尺有餘、力足以扛鼎的人。

當他夥同叔父，一起舉兵之時，才二十四歲而已。

在他少年時代，學書不成，學劍也不行，叔父項梁一怒，對他咆哮道：「你

還能幹什麼！」

項羽卻從容地答道：「讀書認字的目的，只要能寫自己的姓名就夠了。至於習劍，至多也只不過是敵當一人的技藝，這是不夠的，教我怎能滿意！我所要學的，必須是學萬夫莫當的『妙策』。」

因此，項梁就開始教他兵法，項羽也很高興。

然而，在他知道一點梗概後，又不想再學了。

像他有這種拔山蓋世的氣魄，對古代的兵書，自然也是不屑一顧的。項羽在鉅鹿之役，大破秦軍時，才只有二十六歲，且已經成為抗秦聯軍的首領。

當時他的戰法是：

項羽有鑒於秦軍挾屢勝的餘威，恐怕不易應付，所以當他率軍渡過黃河後，就將舟船鑿沉，打壞釜鍋，燒毀房舍，軍士每人，只分配到三天的兵糧，顯示出有死無回的決心，藉以提高士氣，奮勇臨戰。

項羽這個疏於學的「頑童」，到應該運用兵法真髓的時候，他根本不需要「兵神」。

關於孫子這個人，自然指的是孫武，他寫下兵書十三篇，但不僅被後世豪氣

萬丈的軍事人才看輕，即使是文人，對他也有非議。

這「文人」就是宋代的蘇洵，與前述的薄情詩人蘇東坡父子兩人。

蘇洵在他所作權書十篇中的一篇，大罵孫武的戰功其實是少之又少，而所作的書，卻又是出神入化，自古以來的兵書，都無法與他相匹敵。

其實：「武用兵，乃不能必克，與書所言甚遠！」把他罵成空口說白話的酒囊飯袋。

蘇東坡更有孫武論上、下兩篇，說孫武的短處在：「智有餘而未知其所以用智，此豈非其所大闕歟！」又言道：「夫武，戰國之將也，知為吳慮而已矣。是故以將用之則可！以君用之則不可。」

對這位「兵神」，簡直輕視到極點。

而在百餘年之後，孫武的後代子孫中——也出現一位兵法家，名叫孫臏。

他是幫齊、魏二國的大將，亦即與剁斷他兩腳的仇人——龐涓，鬥法的一位名人。在後代的戲曲中，常有這齣戲的演出。

只不過他不是寫孫子兵法的人，孫武和孫臏兩人，常被混淆莫辨。

至於吳子，則是指吳起，吳起是個頗富心機、智謀的兵法家，他為獲取兵士

之心，不惜為兵士吸吮膿瘡。

當這名兵士的母親獲悉此事，不禁哭泣地道：

「往年吳公為這孩子的父親吸吮膿瘡，結果孩子的父親，出戰不久，就死在亂軍的手下。如今這孩子又發生同樣的情況，不知道我的苦命兒，將要死於什麼下場了。」

吳起兵法，後世也有流傳，不過他雖有謀敵克勝的智力，可惜的是，卻沒有自保的頭腦。

他本是魏武侯手下，擔任大將軍，因遭人謀算而投靠楚國。

為使楚國兵強勢盛，於是運用法家的辦法，裁抑楚國的公卿，結果與公卿們結下仇恨。

當任用吳起的楚悼王死後，不堪吳起壓迫的宗室大臣，就發兵攻打吳起，吳起因而被亂箭射死於悼王的屍體之下。

一生算計人的兵法家，最終還是被算計而死於非命！

※　※　※

最後，說一個最令天下人恥笑的兵法家。

這個人不但連「同行」的軍事家輕視他，即使他的父母，對他也不信任。

而其最後的結果，也如其父母所料，戰死於沙場，差點讓他的國家——趙國滅亡。

而趙經過這次嚴重的打擊後，苟延殘喘了幾年，就被強秦消滅。這個「害群之馬」，就是趙括。

趙括是趙國人，本身也是將門子弟，他是趙國支柱大將——趙奢的兒子。

由於趙奢的堅守邊境，所以虎視眈眈的強秦，根本無法越雷池一步，而且在趙奢率兵之下，還常常打敗秦軍，故而被封為馬服君。

趙括自小便耳濡目染，對軍事戰略也很有興趣，但是，這位缺乏臨場應戰經驗小伙子，卻又特別喜愛誇口侃論。

他父親對這個兒子，實在大傷腦筋，因為他說的，總比做的還好聽，自己雖然久經陣仗，經驗豐富，卻說不過這個口齒伶俐的兒子。

因此，趙括以一將門之子，又善於談論兵事，而蜚聲國際之間。

趙奢死後，趙國只能調遣唯一的老將廉頗守邊，可是秦國崛起一位長於用兵遺將的白起，他與趙軍交鋒，常將他們打得落花流水。

所以，廉頗只能堅守城池，而無反攻餘力。

可是趙王對廉頗這種只守不攻的策略很不滿意，不幸趙王又中了秦軍的反間計，說秦軍最怕的，莫過於馬服君唯一的獨子趙括。

趙王早就聽說趙括軍略知識「豐富」，就要以趙括代替廉頗。

此時，趙括的母親，一聽到這消息，立刻趕到趙王面前，告訴趙王：

「趙括只會說而不會做，根本不是個能受親信的將才。

早在趙奢在世時，對這個兒子已灰心透了，願趙王不要上讒人的當，而鑄成大錯。」

趙王不聽趙母的諫言，趙母沒辦法只好：「既然諫言不聽，一旦趙括兵敗，希望不受連坐之罪。」

趙王應允，於是調回廉頗，換上趙括。

趙括新官上任，得意洋洋地立刻發兵擊秦。

秦軍在白起指揮調度下，假裝敗逃，而調派二支奇兵，一支斷絕趙國軍援，一支把趙國軍隊斬斷為二。

趙軍被困於城堡之內，絕糧達四十六日之久，於是互相斬殺以維生。

趙括見這樣下去，不是辦法，於是分遣大軍為四隊，輪番突圍，也沒辦法殺出血路。

此時的趙括，已到黔驢技窮的地步，只好孤注一擲，盡出精銳披掛上陣。結果，趙括遭秦軍射殺，所率領的軍隊，也潰不成軍，結果四十萬的大隊人馬，就這樣全部投降。

白起見人數如此眾多，也不好處理，於是盡數活埋坑殺這些兵卒，只留下二百四十名活口。

因為這二百四十人的年紀實在太小，不忍心才遣送他們回國。

這就是有名的「長平之役」。總計起來，前後大約殺掉趙人四十五萬，使得趙國只存孤弱老幼，而無年輕力壯的男人。

隔不了多久，趙國也就拱手讓人了，像這樣一個空口無憑的兵法家，受盡天下與後世人的諷嘲與輕視，自屬理所當然。

十一、女人國故事

對男人而言，似乎到死之前，都夢想著能被群女包圍！好好「逍遙」過活的願望。

性學大師佛洛伊德，分析這是人類兩大欲動之一，在學理名詞上，則稱之為「性愛的本能」。

但是，根據在某一女性高級知識份子群集的崗位上，擔任主管之職的人，他親身的體驗，是這群淑女們，有時也令人非常受不了。

為什麼會受不了呢？在此不作特別的說明。

然而從第三者的男人眼中看來，他竟在自己所憧憬的職務上，悶悶不樂，真是意外之至。

實際上，男子愛戀具有眾多美人的女人國，而一旦身歷其境，卻大感不妙的趣味故事，在中國早已有流傳。

所以，在這一章就來談談這些故事。

全部是女人所組成的國家，亦即所謂的「女人國」，這在歐洲希臘神話中，也曾出現過。

我們先說希臘神話中的女人國的女性，不，應該說是國民。

女人國的國民，為投槍、射箭時方便起見，全部把右邊的乳房割掉。而且為繁衍子孫，於是強姦他國的男子，或以金幣，與他國男子「交易」等等。

不過，中國的故事情節，並不亞於此，而且趣味性也更高。

在中國有關女人國的故事出現在兩本小說中。一是《西遊記》，另一本是《鏡花緣》。

關於著作的年代，《西遊記》要比《鏡花緣》早。而後者乃是十八世紀時，清代的名聲韻學家李汝珍所作的。

本書的創作目的，是為女人向社會提出抗議，並批評當時中國社會的不合理情形。

例如，結婚之事任由雙親憑媒妁之言，或卜卦決定；又強行迫令女性纏足；男人若擁有三妻四妾是理所當然……等等，對女性不公平的現象。

所以，這本書，不僅是諷刺小說，作者更是女權運動的倡議人。

《鏡花緣》的時代背景，是繁富的太平盛世——唐朝則天武后時期。

這故事，是由林、唐、多三姓的商旅，打開序幕。

在他們旅行期間，他們來到一個地方，那就是女人國。

剛踏入此境的唐君，覺得很好奇，便偷偷地往路旁一家民宅窺視，正看到一位中年婦人，坐在大廳中——

她的頭髮又黑又亮，顯然是用油擦的發亮，恐怕連蒼蠅在上頭，也會滑下來。她的耳垂，掛著一對八寶金環，長長的裙擺下，露出一雙非常精巧玲瓏的小腳。

中國自古以來，「天足」就被禁止，認為女人的腳，越小越可愛，纏足也就因此而來。

對於這既小又可愛的腳，就稱之為「三寸金蓮」。

然而這位「三寸金蓮」的婦人，花顏如何呢？

二道高高的娥眉，襯在脂粉塗得滿面的臉上，嘴邊明顯的還有剃掉鬍子的青痕。

當唐君正看得發呆時，這個「婦人」，也像看到怪人似的，直盯著唐君，而

突然用破鑼的聲音叫嚷道：

「那邊的人！妳有鬍子呀！啊，是女的嘛！為什麼穿那樣的衣服，又戴著帽子，打扮成男人模樣？男人女人都可以，唯獨妳明明是女兒身，卻化粧成男人模樣，一副不男不女的醜相！

去照照鏡子瞧瞧！難道妳忘了女性本來的面目！真不知恥！

今天還好是讓我看到，便宜了妳，若不知悔改，被他人撞見可要被打死的！妳會不知道嗎？」

唐君嚇得不明所以然，一溜煙地逃開，但是，對於被叫做「女人」，實在大惑不解？

原來在這個「女人國」，自古以來的男女名稱，都顛倒著使用。男女的職責也是正好相反。難怪不知情的唐君，會訝異不已。

唐君喃喃自言道：

「世俗上習慣的事情，常常就演變成自然的定理。因此，也難怪我看他們覺得新奇，他們看我，也像怪人似的。」

如此反覆思忖，也就釋然了。

唐君的情形還好，另一位林君，他的「經驗」才是悲慘。

林君以為有機可乘，於是更進一步地深入女人國的國境。

由於他是「舶來品」，因此他的「美貌」（？），就被國王看上，而被帶進後宮，封稱「林貴妃」。

林君雖然生得「貌美」，但還是稍嫌粗俗——

因此，入後宮之前，非得改造為後宮雅秀之美不可。

「宮女」們（男性）便因而奉命聚集，開始進行林君的「改造」。

善意的宮娥們，首先預備「香湯」，幫他把身上的污垢全部清洗乾淨，好讓玉體散發香味。

又在他那粗硬的大腳上，穿上絹質的繡鞋。

接著，為他梳起最新流行的髮式，再塗上油膩膩的一層髮油，並插上玉簪。

然後開始在臉上塗抹香粉、蘭膏，並擦上口紅，手上戴起戒指，手腕上也佩戴玉環。

這是第一階段的改造。

改造告一段落，「林貴妃」就坐在床上等待……。

接著，好幾名宮女，竟然擠進寢宮來——全是身強體壯，滿臉長著鬍子的「宮女」。

其中一位白髮年長的宮女跪在床邊，秀氣地說道：

「林貴妃，奉國王的命令，還要為妳穿耳洞。」

還來不及驚嚇的他，就被四名宮女壓制住，馬上在她的耳垂穿了兩個洞——準備戴耳環用。

「好痛啊！好痛啊！」

任憑林貴妃如何哭叫，也是惘然。

終於穿好耳洞，接著又上鉛粉，稍微按摩一下，就戴上八寶金環。

最盛大驚人的場面出現了——纏足。

痛楚未消的林貴妃，又看到門外，出現幾名鬍子宮女……。

「奉命前來纏足！」

也不問林貴妃同不同意，壯宮女立即將林貴妃的身體控制住，快速地把他的腳，放在其中一名宮女的膝上。

宮女立刻把林貴妃的腳趾緊握弄曲，再用白絹團團纏住，並且細心嚴謹地為它縫上邊線。

被四個宮娥制伏的林貴妃，動彈不得，雙腳像深入火堆般地疼痛異常，滴滴的淚水，再也忍不住了。

但是，他再怎麼大哭大叫，宮女們一點也不放在心上。

被折磨得死去活來，終於宮女們離去了。

貴妃半瘋狂似地，把白絹全部扯開，痛楚總算得到一時的紓解，頭腦也昏沉沉地快睡著了。

當他已快進入夢中時，卻突然被打醒——

「貴妃輕視王命，要受嚴厲的處罰。」

執法的人，是一群鬍子稀少的宮女們，他們將林貴妃剝去衣褲，而用竹板打屁股，打得幾乎皮開肉綻。

嚇怕的貴妃，再也不敢抗命了。

此後，每天就被嚴厲地纏足，不到半個月，十趾盡數腐爛，鮮血淋漓，眼冒金星，腳踝痲痺，最後膿也流盡，只剩一對枯骨——終於足踝變小了。

若是普通的姑娘，都要花上十幾年的功夫，才纏得好足，而林貴妃只十數天就大功告成了。

終於到了——已擇定過的黃道吉日——一個拜謁國王的好日子。

「早入寢殿，侍候國王！」

一聽到此言，林君頭腦，轟地一聲，耳朵嗚嗚作響……。

大家可能已經了解，所謂「女人國」，就是女權強過男權的一個母系社會國家。

因此，也該知道，以則天武后君臨天下，做為背景，多少有其意義在吧！

當然作者的目的，也是希望男性諸君，了解男女地位互換的情形之後，多少能重視一下，女性的權益。

以討論人權問題為主旨的《鏡花緣》，在中國確是一部特異的小說。

接著，再來談談吳承恩的《西遊記》。

西遊記中的女人國，就是名符其實的女人國度。

三藏與三位徒弟旅行途中，來到一條小河，只見河水澄澄，寒波湛湛，於是叫了船婦，搭船過河。

到了對岸，三藏與豬八戒見波平水清，一時口渴，便喝了幾口河水，想不到肚子竟然大痛，腹部也漸漸隆起。

二人難忍陣痛，而在地上翻滾，著急的孫行者，趕忙將師父扶入附近一家村舍。屋子裡頭，住有一位老婆婆，於是孫行者便將前因後果告訴她。

婆婆道：「這裡便是西梁女國，前面那條河便叫子母河，在我們王城外，還有一處『照胎泉』，因我們這裡沒有男人，所以女子到二十歲，便去喝那河水，三日後，再到『照胎泉』的水邊一照，若見有雙影，孩子也就自然降生了。你若不行這辦法，就只得到正南街那座解陽山，山中有個『破兒洞』，洞裡有一處『落胎泉』，喝了這水，胎氣也就解了，頂多拉個幾遍，也就沒事了。」

於是靠著孫悟空在此處與妖道鬥法，好不容易才取得落胎泉。

師徒二人，飲下之後，才溶解肉塊而回復正常。

據此所載，也可以知道，不論男女，飲用子母河的河水，都會懷孕。不過，有趣的是，根據西遊記裡頭所說，男人生子時，似乎是從脇下出生的——

八戒扭腰撒胯的哼道：「爺爺啊！要生孩子，我們都是男兒身，那裡開得了產門？如何生得出來？」

行者（悟空）笑道：「古人云：『瓜熟蒂落。』若到那個時節，一定從脇下裂個窟窿，鑽出來也。」

這且不談，又依村舍老婆婆之言，在這裏投宿還好，若是在前面的三四十里前的西梁女國城中心，到晚上就不妙了。

果然，一行人進入被如此恐嚇的女人國，立刻一群婦女圍攏過來，鼓掌歡笑道，「配種人來了！」一開始就受到如此熱烈的歡迎儀式。

在天上與美女仙娥嬉戲，如今被降到人間的「色豬」——八戒，真是樂得不得了。

但是被女王看中的三藏法師卻受不了。女王座下的太師，前來交涉：

「我王說，昨晚的夢太好了，她夢見『金屏生彩豔，玉鏡展光明』，卻原來是中華上國的男兒駕臨！

像你這樣美貌的情夫，即使把寶座讓你南面稱孤，也想和你結為夫婦」——也是「不愛江山愛美人」的「登徒子」。

於是開始籌備結婚之事。

三藏則與女王共乘龍車，同上金鑾寶殿，「匹配夫婦」去。三藏總算定力還

夠，先哄女王說：「今夜先吃喜宴，等明天黃道吉日再登上寶殿，改年號即位，並成就好事。」

然後代為三個徒弟，取了關文，好讓他們自己去西天。最後又說：「自己好歹與他們師徒一場，就送他們出城囑咐幾句，再回來永享榮華，鸞交鳳友。」

女王不疑有他，一一照辦，然後動員全國老少同送到西城外。不意三藏，就此揮手拜拜，氣得女王緊抓唐僧道：「御弟哥哥，我願將一國之富，招你為夫，明日高登寶位，即位稱君，我願為君之后。喜筵通皆喫了。如何卻又變卦？」八戒見如此糾纏不清，遂發起一陣狂風，變出一副豬相，嘴巴亂扭，耳朵亂搖，衝到女王駕前，嚇得她花容失色，也就放了他們。

這二則女人國的故事，大致情形如此。

不過，這些女人國實在令人不大舒服。親愛的讀者們，看過這二則故事，是否還想嚐試，讓群女包圍的滋味？

十二、中國人的綽號

你一定也有共同的經驗：當我們參加畢業三十年後的小學或中學同學會時，對於有些同學的真實姓名，無論怎麼想就是想不起來。

然而，對他們的綽號，卻是記憶猶新……。「嘿、那位『大猩猩』還是一副老樣子，精力可充沛的很啊！」

「可是……他叫什麼名字呢？……」

「又忘了嗎？真拿你沒辦法，他的名字叫火旺啦！」

「啊！是！是火旺沒錯！」

像類似這樣的對話，在這樣的場合，隨時可以時常聽得到。

因此，我們可以說「綽號」是一種很便於我們聯想起某人的代稱。

而且，它也可以讓我們很清晰地喚醒數十年前的少年往事。

而「綽號」這東西，不僅在中國，甚至是世界各國，只要有人居住的地方，上至王公貴族，下及黎民百姓，幾乎沒有一個國家沒有。

這正是應了一句：「人同此心，心同此理」的人情必然性。

在中國，由於文化悠久的關係，相對地，綽號的產生，也有其長遠的歷史。古時候，也有許多學者常對有關綽號方面的事加以研究，而記載在他們的讀書劄記裡頭。

在這裡，僅根據現代的研究專家——蕭遙天的分類法，來做簡單的說明。有關綽號方面，蕭氏依照它的性質，大致歸類為二十種，那就是——

一、容貌，二、德性，三、威望，四、聲價，五、命運，六、財產，七、職業，八、技能，九、學識，十、藝術，十一、武勇，十二、行為，十三、舉止，十四、臭味，十五、談論，十六、著作，十七、服裝，十八、身分，十九、癖好，二十、諧謔。

你有被人取過綽號的經驗嗎？那麼，被取綽號的理由，一定包含在這二十種之中！在此，我們特別選出，比較容易讓讀者們了解、接受的，略加說明。

容貌——

這是根據一個人的臉形或體態，來做為取綽號的標準。這是最普遍的現象。

例如，「大耳朵」「大頭」、「賈長頭」（「賈」指的是那個人的姓氏）、

「大猩猩」等。

再如，晚唐五代，有一位詩詞名家溫庭筠，他面貌醜陋，又不修邊幅，人人看到他，就像看到一位貌醜心善，專門抓小鬼來吃的「鍾馗」。這位鍾馗，實在太醜了，醜得連鬼都會怕他，所以人家就封稱溫庭筠為「溫鍾馗」。

又像北宋時代的一位詞家，叫賀鑄字方回，他是宋太祖孝惠皇后的族孫，也娶宗室女為妻。偏偏這人也長得很難看，髮少，面目青黑，眉眼聳拔，而又身高八尺。

如果走夜路，無意碰上他，八成都會以為遇到惡鬼，所以，時人稱他為「賀鬼頭」。

又如初唐有位楷書名家，叫歐陽詢，他長得很像獼猴，所以外戚長孫無忌，便故意做一首詩嘲戲他：「聳膊成山字，埋肩畏出頭。誰言麟閣上，畫此一『獼猴』。」

甚至有人傳說，他正是猴精生的，有一篇叫「補江總白猿傳」的唐人小說，就說一隻山中修鍊成精的老猿，擄去歐陽詢的母親，才生下這隻「小獼猴」。

上述都是因面貌難看，而被封了綽號，我們也說說一個姿容溫雅，而讓人封

送雅號的例子：

晉朝的尚書令衛瓘，看到當時的一位俊彥秀士——樂廣，於是驚歎地說：「此人之水鏡，見之瑩然，若披雲霧而睹青天。」經衛瓘這麼一品評，所以時人就叫他「樂青天」了。

德　性——

比如「驚蝴蝶」、「水晶燈籠」等等。

「水晶燈籠」這個綽號，是宋朝時代，蜀州（今四川）一個名叫「劉隨」的地方官，被人所取的稱號。

因為他對任何一件事都能夠明察秋毫，而且大公無私。

因此當地的百姓，認為他像水晶做成的燈籠一樣，透澈玲瓏，明亮清朗，故而替他取這個美名。

由於有這個先例，所以後來便產生一句成語——「水晶心肝玻璃人兒」，在曹雪芹的《紅樓夢》中，李紈便戲稱鳳姐（王熙鳳）是「水晶心肝玻璃人兒」。

威　望——

在這一類當中，有一個酷吏惡名昭彰，所以人封送他一個「肉雷」的綽號。

他是唐朝（應該稱做「周」較妥切些）武則天稱帝時，所任用的一位無與倫比的酷吏，叫做來俊臣。

這位「前無古人，後無來者」，殘忍無比的酷吏來俊臣，經常以刑罰壓制別人，且引以為榮。

有一次，他不分青紅皂白，不一會兒的光景，就將百多名囚犯，判罪斬首。因此，人民都非常懼怕他，認為他就像是「雷」一樣，隨時可以將人電殛致死，所以就叫他是「肉雷」。

像這樣的酷吏，在漢代也出了一名叫郅都的人。郅都在漢文帝時，只是個郎吏，後來景帝即位，便升任中郎將。他敢於直諫，一點也不顧及他人的顏面，當著朝廷百官之前，便狠狠的駁斥人。

濟南有一富豪瞯氏，為非作歹，誰也無法控制他。這事傳到景帝耳中，便命郅都為濟南太守。

郅都一到濟南，立刻族滅瞯氏首惡，才一年多，便道不拾遺。而他的行事，剛暴得近於嚴酷，即使是貴戚宗室，他都敢加以施刑。

所以王公大臣看到他，也都要敬畏三分，而懼稱他是「蒼鷹」。然而郅都雖

然嚴酷，比起來俊臣的殘狠，還是差了一點。

聲　價——

我們都知道，諸葛亮（孔明）被取一個綽號，叫「臥龍」。

與他同時的龐士元，也被人稱做「鳳雛」。

這兩個人，都是以智略冠絕一時的，所以，當代人給他們的評價都極好。

宋代的大詩人蘇軾（東坡），和他的父親蘇洵，以及弟弟蘇轍，都在宋代的文學界裡，享有頗高的盛譽。

因此，就稱他的父親是老蘇、叫東坡是大蘇，稱其弟為小蘇。唐宋時代，古文共有八大家，而蘇門三傑就已佔去三位，可見他們的聲價是多麼地高。

我們再舉一個同樣是「青天」的美號，不過這是對他為政清廉的尊稱，這是記載於《懸笥瑣探》一書。

明人倪鍇，擔任蘇州知府期間，獎善罰惡，政事清明，很得百姓的愛戴，所以就稱「倪青天」。

財　產——

譬如「金穴」，「萬石君」之類。

這是漢代的寵臣，受到帝王萬金、萬石的賞賜，被取的美名。

或許大家看了「萬石君」，會覺得奇怪，其實，「石」是重量的單位，古代官吏的俸祿，都是以米穀折算，地位愈高，石數也愈多。

「萬石君」是個名叫石奮的大臣，他為人恭謹無比，調教出來的四個孩子都很有成就，官階俸祿都達到二千石。

所以漢景帝把他們一家五人的俸祿加起來，送石奮一個「萬石君」的美名。

職　業——

在這類當中，有所謂「賣履舍兒」的綽號。

凡是貧賤出身，而後成功揚名的人，往往人們就在他名字上，再加上以前所從事的職業的名稱，以做為他的綽號。

另外有一個名叫「五羖大夫」的春秋賢大夫。他叫做百里奚，本是虞國的大臣，後來虞國被晉獻公伐滅，百里奚遂成晉國的俘虜。

當晉獻公要嫁女兒給秦穆公時，也把他充做男僕，陪嫁過去。百里奚趁機在半路上脫逃。當他跑到楚地的邊境時，卻不幸被楚地的野人抓住。

而此時的秦穆公，早已聽說百里奚在虞國已有賢名，就四處派人打聽他的下

落，一查之下，才知道他被楚地的野人抓走。

穆公為了不讓人疑心他想重用百里奚，就派人去和野人交涉，願意用五張黑羊皮換回這個奴隸，野人雖知道黑羊皮價錢不很高，但總比沒有的好，所以就把百里奚交給秦國的使者。

回到秦國，穆公便提拔他當大夫，因此，一些同僚們，便戲稱他是「五羖大夫」。羖字即是黑羊皮的意思。

技能、藝術、學識——

比如像「鍼神」（裁縫之神）、「草聖」（草書——書法的高手）、「書樓」（圖書館的學者）等等，都是屬於這一類的綽號。

武　勇——

比如像「飛將軍」，是漢朝的匈奴，封給李廣的美號。由於李廣守邊，行動迅捷，常將匈奴打得落荒而逃，匈奴對他實在很頭痛，便說他乃是漢朝的「飛將軍」，只要聽到「飛將軍」來了，立刻不戰而走。

在唐人王昌齡的「出塞」詩中，也吟詠道：「秦時明月漢時關，萬里長征人未還，但使龍城飛將在，不教胡馬度陰山。」

再如漢高祖劉邦，在剛起義的時候，有一次醉酒，行於大澤中，見到前面有條白蛇擋路，就揮劍斬死牠。其後又走了不久，有位老婦人伏在道旁痛哭，人家問她原因，她說：「剛剛赤帝子把我的兒子白帝子殺死了。」說完就突然不見。

劉邦的部下們覺得很驚訝，繼而一想，大概是指劉邦剛剛把白蛇殺掉的事，所以便稱劉邦是「赤帝子」。

行為——

譬如「伴食宰相」。

唐代的宰相中，有一個名叫盧懷真的人，他和姚崇兩人，同為宰相。

盧懷真在處理公事時，如果沒有和姚崇商量，就不敢妄下裁斷。

因此，當時的人，就這樣稱呼他。

舉止——

在這一類當中，有一個人稱「夜半客」的人。

在西漢與東漢交接之際，有一個篡奪天下的漢朝外戚，名字叫王莽。

他所建的國號為「新」，總共做了十幾年的新朝皇帝。

此時，有一個人經常秘密地在王莽的宮邸中進出，所以就被取這個綽號。

又春秋末期，最有名的莫過於吳越爭霸戰，當越王勾踐最後把吳王夫差消滅掉後，他身旁的謀臣范蠡，立刻離開越國。

范蠡所以要逃，就是看出越王勾踐這個人，只能共患難而不能同歡樂，他並且寫一封信給越國另一位大臣文種，要他儘快放棄富貴之念，以免遭殺身之禍。

原來范蠡正是有鑒於越王是個「長頸鳥喙」的人，這種人很容易忘恩負義。文種未聽勸，果真不幸而言中。

潛逃的范蠡，泛舟浮海，經商營利，自稱「陶朱公」，一些知道內情的人，自然知道「陶朱」正是「逃誅」的意思，因此不約而同的也叫他「逃誅公」。

臭　味——

譬如「銅臭」。這是一位富人，在後漢時，花數百萬的金錢（銅錢）買回一個大臣的地位，因而被取的綽號。

在「後漢書崔寔傳」就記載這麼一個典故：崔寔有個堂兄，名叫崔烈，頗有名氣，家境富有官拜郡守九卿之職，仍不能自滿，於是花五百萬買官，終於得到司徒的高位。

心花怒放的崔烈，便問他的兒子崔鈞道：「我身任三公的高職，人家可有講

什麼話？」

崔鉤應道：「議者都嫌銅臭味太重了！」

談　論——

在宋朝，有一個叫李沆的宰相，被稱為「無口之匏」。

這事是記載於宋史，由於李沆接待賓客，常常是很少講話，所以人們才這樣議論他。

不過李沆這人，真可說是「不鳴則已！一鳴驚人」，當他弟弟李維跟他講到這事時，他卻說出一篇大道理，使外人因而更為敬重他。

而且以他剛直的性格，若有非說不可的話，一定馬上說出來，並且都是深中肯綮，決無廢話，因此，時人又送給這個「無口之匏」，一個「聖相」的美號。

著　作——

我們要說的，是一位北宋的名臣，也是享有盛名的大學者，他就是鼎鼎大名的歐陽修。

在他的著作——《五代史》中，經常要使用「嗚呼」這兩個字眼，所以當時的人，就稱他為「歐嗚呼」。

而這位「歐嗚呼」的口頭禪，也為一些學習古文的人，當作模倣的對象，認為「嗚呼」可以增加文筆的氣勢與情感。

另外，在南朝時代，有位名書法家，叫做鍾繇，同時，也是位大學者，喜歡讀《春秋左氏傳》，對左氏傳獎掖備至。當他聽說另一位學者嚴幹，很喜歡《春秋公羊傳》，因而很不高興。

於是給公羊傳一個「賣餅家」的封號，然後誇讚自己所愛的左氏傳，乃是「大官廚」，當然，官廚百物俱備，而賣餅家則單調而無特色。

服　裝——

譬如有個「赤腳大仙」的綽號。

這是宋仁宗在他幼年時，因經常不愛穿鞋，而光著腳丫子到處遊玩，所以宮裡的人，就為他取這麼一個有趣的稱呼。

根據宋人王明清的《揮麈後錄》記載，原來宋仁宗的母親——章懿李后，做一個怪夢。他告訴真宗道：

「昨晚我夢見一位道士，光著腳丫子，從天而降，說要做我的兒子。」

真宗聽了大喜，於是幫她「圓夢」，果然生一皇子叫昭陵，他也就是後來的

宋仁宗。

另外在漢代，有一個位至三公，卻工於心機的人，凡跟他有點瑕隙的人，他都要找機會報復。然而漢武帝卻很信任這個人，他就是公孫弘。

公孫弘雖位極三公，但是卻穿著粗布衣裳！當時一位耿直的大臣汲黯，很看不慣他這種虛偽的作風，就跟武帝稟報。

武帝就問公孫弘，公孫弘跪地稟報說：

「這樣做的確是虛偽些，不過為端正風氣，以身作則，我不得不這麼做！若沒有汲黯這麼忠心的人，我這矯飾的作風，還真進不去陛下的耳裡呢！」

當然，他從此更得武帝的厚愛，不過時人也因而譏稱他是「公孫布被」。

身分——

譬如「黑衣宰相」、「山中宰相」、「黑頭公」等。

「黑衣」是指南朝時代僧侶所穿著的黑袈裟。

在劉宋時代有一個博學的道人，名叫慧琳。

宋文帝即位後，聽說他的名氣，於是請他入宮。

慧琳很健談，因此，宋文帝就和這位道教僧侶，談論國家政務。

最後，慧琳竟插手管起政事，且參與國家機密要務。

大臣孔顗看不過去，因此，替他取這個綽號。

無獨有偶地，「黑衣宰相」的頭銜，也用在義大利首相墨索里尼的頭上。因為墨索里尼創立法西斯黨，而他們的黨徒都穿黑衫，所以人民就如此稱呼他。

至於「山中宰相」，則是指中國漢方的大家——陶弘景。

陶弘景在南朝入梁之後，便隱居於曲山，自號華陽真人，經常在山中採集藥草，並不理會朝廷的徵召。

梁武帝不得已，如遇到無法解決的大事，就前往請教。

因此，人們就如此稱呼他。

陶弘景是讀書破萬卷的學者兼道士，並且擅長琴棋與草隸，《本草集注》就是他有名的著作之一。

接著再說「黑頭公」。或許讀者覺得這個稱呼有些難聽，可是，這卻是個讚譽的稱呼。

所謂「黑頭」，就是指頭髮烏黑，亦即壯年的意思。在《世說新語》的識鑒篇記載，諸葛道明早初為臨沂縣令時，很得丞相的看重，於是跟他說：「明府當

為『黑頭公』。」表示他在壯年，就可以位居三公之尊了。

諧 謔——

這方式，常常就是歪曲人名或字義，以達到笑謔諧趣的效果。

我們便舉個例子，來作說明：

如翰林與汗淋。

這兩個語彙的發音是相同的，所謂翰林學士，是直屬於天子的官吏，他們多是進士出身的大學者。

他們主要的職務是繕寫詔書，或參加重要的政務會議。

有些愛開玩笑的人，就把這頭銜很詼諧地改為「汗淋學士」，用以戲謔那些很會流汗的學者文人。

看完上面的敘述，可以很清楚地了解，「綽號」這個東西，不管是中外，也不論古往或是今來，其間並沒有多大的差異——全是為了有趣，又便於記憶的緣故。

而上述的各個綽號，即使在長達四千多年的中國歷史上，也幾乎很少發生重覆的現象。不過倒是有可能變成典故或俗諺，讓後人引用。

例如，中國人若說：

「赤腳大仙。」

對方馬上就會知道：

「哈、哈，那不就是宋仁宗小時候的綽號嗎？」

接著再來談「綽號」，它應該具備的原則。

一般說來，必須是他人所取的稱號才算數。

若是自己取的，充其量也只能說是「別號」，而不能算是「綽號」。

而且綽號常是傳神的令人無法言喻，與別號總是有差距的。

例如，有名的隱逸詩人——陶淵明，也稱做「五柳先生」。

這是因陶淵明自己寫一篇「五柳先生傳」，而事實上在他家的旁邊，正種有五棵柳樹，所以他便自稱為五柳先生，自然這也不能說是純粹的綽號。

再舉一個例子：宋朝有一個名叫李澤的官員，他的官職雖然很高，可是也只能算是個地方官，總沒辦法調返京師，在失意之餘，也學著陶淵明為自己寫一篇「五知先生傳」自我排遣，說他擁有「五知」——可以知時、知難、知命、知退、知足，故而自號「五知先生」，當然這也不能算是純粹的綽號。

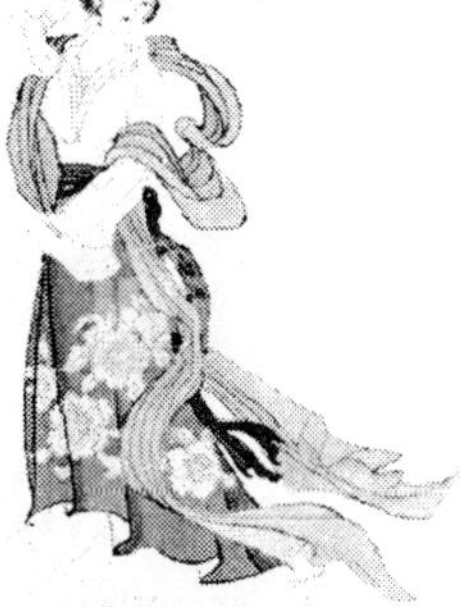

又「綽號」，實在是一種很有意思的東西。它的對象，未必只限於個人，還可通指某個地域的人來說。

這種情形，也是東、西方都相同的。

如在中國，往往稱四川人是「川老鼠」。

湖北人會打漁，所以聯而想之，叫他們是「乾魚」。

湖南人耐性強，堪以勞累，所以被稱做「騾子」。

而且，綽號也適用於稱呼其他民族。

例如，在中國明朝末年，荷蘭人開始與中國沿海居民通商的時候，中國人民就稱他們是「紅毛番」。

後來，又看到義大利人、英國人、美國人等等，由於他們面貌酷似，實在難以一一指辨，且因他們皆渡過遠洋而來的，因此就統稱為「洋人」。

到清代，在山東河北一帶的人們，改稱「洋人」為「毛子」。

所謂的「毛子」，本是皮貨商對綿羊的稱呼。因為羊和洋同音，當他們一聽到「洋人」，就聯想到他們最熟悉的羊，所以「洋人」也就變成「毛子」了。

若有人要問說：

「中國的綽號，是從什麼時候開始的？」

關於這個問題，到目前還沒有一個確切的定論。

不過，大體上，在春秋戰國的時候就已經出現了。

因為在那時代，並不直接稱呼對方的姓名，而在對方的稱謂上添加「子」、「父」、「伯」、「仲」等名稱，一則表示尊敬，一則說明排行，諸如此類，大概就是綽號最早的起源吧！

例如魯國的君王——哀公，對孔子（即孔丘字仲尼）的誄文，便稱之為「尼父」，正可以說明這種情形。

隨著時代不斷地演進，綽號的涵蓋面也擴大到各個社會階層。

例如，對於反叛軍便依照他們的形象、特徵，而給予稱呼。

如「赤眉」，這是王莽末年，以琅玡人樊崇為首的一支亂軍，他們為與敵方相別，而用紅顏料塗畫眉毛，故而稱之。

其次，如「黃巾賊」，這是東漢靈帝時，以張角為首的叛軍，他們都用黃巾裹頭，是以名之。

再如北方強盜的一種，叫做「響馬」，因為他們騎馬下山劫掠時，都先發射

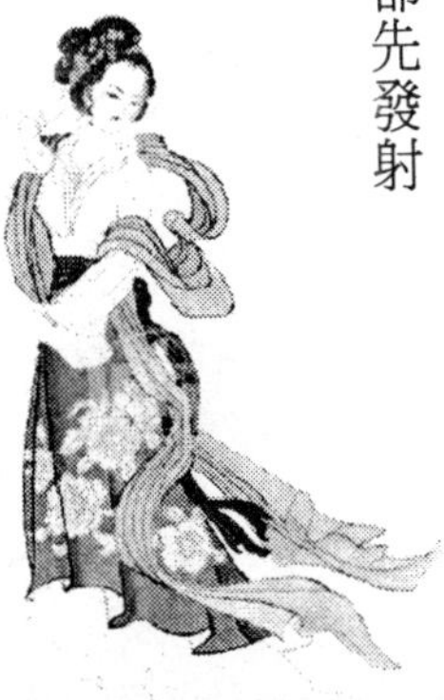

響箭，故而稱之為「響馬」。

至於吊兒郎噹的人，則是因他們對於吃飯、穿衣、睡覺都毫不在乎，所以樸實的中國百姓，很輕蔑地稱這種人是「三不管」。

另外又有人把私娼稱做是「野雞」。

當宇宙之中，包羅萬象的語彙普遍而發達之後，許許多多形容人物的綽號，也就顯得五花八門。

根據以上對一些綽號的解說，也可以很清楚地了解，某個時代的風俗或習慣等等。因此，如果在做學問方面，下工夫去對綽號做一番研究，也是具有不容忽視的意義和價值的。

接著，再來談一談關於綽號的起源中，使用「子」字的事情。

在古代，「子」本是對男人的一種美稱。

它原來是和「父」、「君」、「卿」、「翁」、「老」等字一樣，專門是用來對男人的稱呼。

演變到後來「子」、「君」、「卿」等字，也可以用在女性的名字上，變成「男女通用」。

中國春秋末期，有一位美女，名叫西施，她也同樣稱為西子。

在《孟子》離婁篇中，就提到「西子蒙不潔，則人皆掩鼻而過；雖有惡人，齋戒沐浴，則可以祀上帝。」可見女人被允許稱「子」，其淵源算很早。

這位西施，就是幫助越王勾踐，代滅吳國的功臣之一。

她是由范蠡，從苧蘿山下的小村莊中找出來的。

經過三年長期的調教，才把她送到敵國吳王夫差的身邊，而把夫差弄得神魂顛倒，不務政事，終致亡國。

所以，她不僅是個大美人，而且還是個大女傑。

而在西洋方面，像「瑪麗」、「茱麗」，也是常常被使用的幾個名字。

關於中國女性，姓名的特徵，最基本而常使用的是，帶有女字偏旁的字。例如「李三娘」、「王玉女」等等。

「兒」和「姬」二字，也常被使用。

再如女字偏旁的「娥」、「好」、「嫩」、「娟」、「媚」、「婉」等字。

其他又像「梅」、「桃」、「薇」等屬於花類的字。

「鶯」、「燕」等，屬於鳥類的字。

「環」、「釵」、「鈿」等，服飾用品之類的字。
「粉」、「香」，屬於化粧品類的。
「裙」、「繡」、「錦」等，是服裝類的。
「愛」、「憐」等，是情緒類的。
「靜」、「淑」，則屬女德類的。
以上種種，全都是女子姓名中，普遍常用的字。
另外，也有很特殊的情形，那就是為女兒取名為「勝男」或「若男」、「招弟」的情形。
這通常表示，父母親希望能生下一個男孩，而特意取的名字。
從中國人的綽號，談到取名的上頭來，看過本文之後，是否您也覺得幫人命名或取綽號，是件很有趣的事？

十三、中國的圍棋情話

關於圍棋這種遊戲，日本人對於它實在是酷愛到極點。

目前這種弈棋的風氣，已是普遍又興盛，一些身擁七、八段以上的圍棋專家們，也常為了對弈，而無法分身去做其他的消遣和娛樂。

眾所周知，日本的圍棋，是在中國盛唐時，所流傳過去的。

關於唐代棋風之盛，從詩人的賦詠之中可見一斑，如裴說有「詠碁詩」，有名的「詩聖」杜甫，在「江村」詩中也道：

「清江一曲抱村流，長夏江村事事幽。自去自來梁上燕，相親相近水中鷗。老妻畫紙為棋局，稚子敲針做釣鉤，多病所須惟藥物，微軀此外復何求？」

正可以說明在他那時代的圍棋，是不分男女老幼，都愛玩的一種遊戲。

出生於中國的名人林海峰，在日本棋藝界，非常的活躍，已經是家喻戶曉的大人物。

有關圍棋的歷史淵源，由來很早，傳說這是上古時的唐堯，為他那不學好的

兒子——丹朱，所設計的一樣消遣品。

丹朱可算得上是中國史上「太保阿飛」的始祖，在《尚書》皋陶謨裡，就記載著大禹對他的評論：

「無若丹朱傲，惟慢遊是好，傲虐是作，罔晝夜頟頟；罔水行舟，朋淫于家，用殄厥世。」

（意譯：不要像丹朱那麼驕傲，一天到晚只喜歡怠惰遊玩，遨遊戲謔，只會享受淫樂，而不知好好的工作，當天下洪水來臨，也不願意幫忙或一同到災區疏導河水，而寧可成群結黨，放蕩佚樂，滅毀先人的基業，斷絕後代的子孫。）

為使這不可救藥的兒子，不為非作歹而乖乖地待在家裡，唐堯才想出這個辦法。

在晉人張華的《博物志》，就說到：「堯造圍棋，丹朱善棋。」

當然，這是沒有史實根據的一種傳說，如果我們要追究可信的史料，那麼在《春秋左氏傳》裡，就可以見到。

在襄公二十五年，大叔文子推斷寧喜不免於禍說：「寧子視君，不如弈棋，其何以免乎？弈著舉棋不定，不勝其耦（偶）。」

戰國時代的孟子，在告子篇裡，也提到一個全國最會下棋的人，他的名字叫秋，因為太會下棋，人家便叫他「弈秋」。

孟子說：「今夫弈之為數，小數也，不專心致志，則不得也。弈秋，通國之善弈者也……。」

從這個全國下棋冠軍的弈秋以來，圍棋一直普受國人的喜愛，即使到清代，也出了一個舉國聞名的「弈聖」。

他是清康熙時江蘇人，名叫黃龍士，此人不僅棋藝高絕，而且對弈之時，謙和淡泊，好整以暇，所以才博得如此的雅號。

而圍棋經歷那麼久的年代，大體雖然不變，不過棋局的大小，多少也有所更動，這從程大昌的《演繁露》，邯鄲淳的《藝經》裡，都可看出。

在中國的圍棋史上，最享盛名的棋士，應首推唐代名叫「王積薪」的。

這個人在書法上，也和王羲之一樣，頗負盛名。

但在棋藝上，談到圍棋的高手，馬上就會聯想到鼎鼎大名的王積薪，因為他簡直就是此道之「神」。

王積薪是玄宗皇帝御屬的專門棋士，待詔翰林，皇帝若想下棋，就立即召他

進宮，也可說，他是玄宗皇帝的指導老師。

在孫光憲的《北夢瑣言》裡就提到：「王積薪每出遊，必攜圍碁矩具畫紙為局，與碁子併成，盛竹筒中，擊於車轅馬鬣間，道上雖遇匹夫，亦與對手，勝則徵餅餌牛酒。」

可見王積薪嗜棋的程度，已幾近「瘋狂」狀態，而他之所以能夠成為一代棋聖，由此可知，也絕非僥倖。

而王積薪，在成為棋聖之前，還有一段喜劇性的情節，傳說他曾經向二位女性求藝的逸聞。

因此，要談中國圍棋史，就必須先讓這二位女棋士登場才是。

在《天中記》一書中，對於這件傳奇有記載：「翰林碁者王積薪，從明皇幸蜀，寓宿深溪之家，但有婦姑。堂內無燭，婦姑各在東西室對話。已而，姑曰：『子已北矣，吾止勝九枰耳。』遲明，王具禮請問，婦因指示攻守掠奪，救應防拒之法。曰：『此已無敵人間矣。』」我們便根據此中原委詳述：

有一次，王積薪隨侍玄宗到四川時，借宿在村舍人家，女主人是位老婆婆，她和她的媳婦同住在一起。

借宿的王積薪，在吃過晚飯之後，一切打點完畢，就準備就寢。

正當他迷迷糊糊，即將入夢時，突然聽到鄰室的聲響，原來是屋裡的女主人——尚未謀面的老婆婆和她的媳婦正在談話。

老婆婆對她的媳婦說：

「今晚的夜色真美，令人覺得好舒服！好久沒有『手談』了，不是嗎？」

睡眼迷濛的王積薪，一聽到這話，立刻跳下床！

所謂「手談」，不就是下棋更文雅的文言說法？在現在已經很少人使用。在中國六朝的時代，「手談」乃是一種非常高雅的名稱。因六朝人最尚清談，對於所說的話，都很講究，而稱弈棋為「手談」，正是創始於此時，劉義慶《世說新語》的巧藝篇，就把它記載下來：

「王中郎以圍棋是『坐隱』，支公以圍棋為『手談』。」

這些都是旁話。

且說，一聽到她們婆媳要「手談」，這位身為御屬的棋士，當然是不會那樣輕易錯過的。

接著王積薪又聽到媳婦傳來的聲音。

「可不是嗎！我們就來對弈一次吧！」

之後，屋院四周，陷入一片靜寂。

這大概是棋賽開始之前，棋士正在構想布局的寧靜吧！

古代是個農業社會，日出而作，日入而息，所以大都一吃完飯，都已準備入睡，很少用到燭火。

所以，不論客房或主人的寢室，全都是伸手不見五指。

王積薪就這樣聚精會神地注意聽著。

婆婆和媳婦，好像是分房而居似的……。

一會兒之後，有動靜了，開始出聲的是那位媳婦：

「三3！」

不久，那稍帶有一點嘶啞的聲音響起——她的婆婆開始應戰了。

接著，又聽到那位媳婦的聲音傳過來。

……

就這樣，二人一來一往地，互相廝殺起來。

王積薪在黑暗中，不斷地發出「嗯！」「嗯！」「嗯！」的聲音。

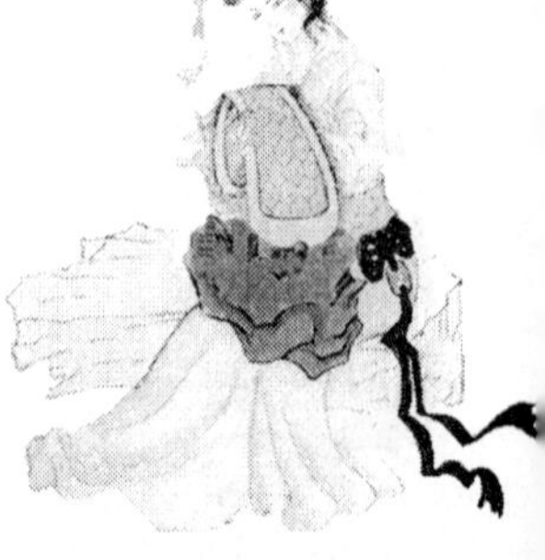

因為他知道，她們婆媳兩人正展開一場很漂亮的攻防戰，而且兩個人都使用著絕好的秘招。

剛才媳婦說：「三3」。這個數字，是在說明，她在縱橫交錯的棋局上，安放棋子的所在，好讓對方知道。

因為對弈的雙方是在黑暗又沒有碁盤的情形下，所以，必須互相說明自己棋子所安放的著點。

在日本，擅長圍棋的專家，在東京——大阪之間的新幹線內，就是以這種「下暗棋」的方式對弈。

且說，到終局時，婆婆道：

「妳輸了！」

她的話聲一落，二人便又談笑了一會兒，終於——「晚安！」「晚安！」

在互道晚安後，兩人就各自就寢了。

在黑暗裡，屏息凝聽兩人對弈的王積薪，將方才她們所下的棋譜，反覆地在腦海中盤旋著。

他知道，兩人在棋藝上的造詣，實是非比尋常的高手，故而不免引發他那嗜

棋之癖，有意要會一會她們。

隔天一大早，王積薪便起來。

他刻意地梳整一番，再前去拜訪寄宿的女主人。

來到女主人的面前，王積薪跟她說，他昨晚在無意中，聽到她們婆媳倆對弈的情形，覺得那真是一場極精彩的棋局。

由於自己對於棋藝，實在是非常耽迷，所以，無論如何希望能與如此的高手討教一番。

仔細地端視王積薪的臉後，女主人終於點點頭，說道：

「也好！我們就來玩一場吧！」

於是二人就開始對弈起來——仍是不用棋盤的下棋方式。

這位宮廷的棋士，不久，便顯得非常吃力的樣子。

他自忖，像他這樣擁有高官厚祿，能夠自由出入皇宮內廷，享譽天下的一流棋士，一旦輸給這位四川農舍的老嫗，對他而言，實在是一件沒有面子的事。

因此，使盡一切自認最高明的技巧，然而，卻仍然無法挽回劣勢。

女主人對王積薪下的每一著棋，臉上總是泛著笑容，或點點頭，或搖搖頭，

儼然一副針對王氏的棋藝，在下評定的樣子——相當地從容而有自信。

當棋局近尾聲的時候，女主人對旁觀的媳婦笑著說：「這位客人，實在下得很有條理，就用普通的方法教他好了。」

剎時將對弈打住。然後拿出棋盤，姑媳二人於是從布局到攻守要點，以及罕有人知的秘招等，向王積薪做一概括性的介紹。

這些奇招妙訣，都是王積薪聞所未聞，見所未見的新招式。

就這樣一項一項的說明，王積薪覺得，每一步都是好手法，可是她們所闡說的，實在是太簡單，讓人不易領悟。

因此，王積薪就要求她們，解說的更詳細一點，可是女主人卻說：

「這樣就夠了。你在這世上，早已是『走遍天下無敵手』了。」

學過奇招秘訣的王積薪，又經過別人這麼一風傳，他的名氣逐漸地高漲，終於成為唐代有名的「棋聖」。

「棋聖」王積薪之後的圍棋高手，是德宗時代，一位名叫王叔文的蘇州人。

根據《新舊唐書》的記載，說他擅長棋藝，德宗時，以善弈待詔宮廷，因他亦知書達禮，德宗便讓他侍讀東宮，東宮即太子所居之處，太子對他十分敬佩。後來

德宗駕崩，太子即位，也就是歷史上所稱的順宗，王叔文也被拔擢為官。

他與唐代有名的文學家柳宗元相友善，因政治糾紛被殺，柳宗元也因而受牽連，被貶到南方。

另外，在唐宣宗時，也有一位圍棋國手，名叫顧師言。唐代棋風之盛，由此也可以得到明證。

在這樣一個繁榮的盛世，許多留學中國的日本學者，便流連於長安，不忍入寶山而空返。

當然，棋藝也吸收了。在《舊唐書》裡，就記載著歷史上，中日最早對弈的有名故事。

然而圍棋宗師、名手之間，也難免時常會有爭吵的事情發生。

因為棋藝的高下，除非已經互相對弈，決過勝負，要不然誰也不肯服誰，所以爭吵也就難以避免。

關於這一類事，歷史上也留下一則，很出名的故事，而這也正是本文題目所謂的「圍棋情話」。

這是宋朝時候所發生的事。

北宋亡後不久，在蔡州（如今河南省汝南縣）某一個小村莊裡，出了一位下圍棋的天才青年。

在家鄉附近，已經沒有人能與他一較高低了。

這個青年心想，應該到天下各地去增廣見聞才是。

如果離開此地，能遇上真正具有實力的高手，自己的棋藝才會更有進境。

主意打定後，他就離開故鄉，雲遊四方，拜師學藝。他沿路北上，終於來到人文薈萃的大都會——燕京。

燕京乃是北宋之後，金人的國都。也正是現在的北京。

果不其然，燕京真不愧是國都所在，市容繁盛，自不待言，而且還聚集來自全國各地多方面的人才，個個頭角崢嶸，真是個「臥虎藏龍」之地。

到都城以後，這位青年立刻迫不及待地開始打聽，城中的有名圍棋高手。

果然，他馬上就打聽到有一位被譽為全國第一把交椅的棋士。更特別的是，這位棋士還是一位道姑。

他也聽說，她的道號叫妙觀道人。

據說，這位妙觀道人，不僅棋下得好，還是一位非常漂亮的大美人。

因此，青年就越加有躍躍欲試的心理，暗地裡便打定一個要求與她會面，卻不按牌理出牌的「主意」。

他大搖大擺的走進道觀，見了妙觀一眼，用強硬的口氣，老實不客氣地說：

「唉呀！這樣一位小姑娘，會是天下一等一的圍棋高手嗎？這真是笑話！不是我愛誇口，我敢擔保，從我遍訪天下四隅，拜師學藝，轉戰南北各地的經驗來看，不必和她對弈，我一眼就可以看透她的棋力了……。」

聽到這話的妙觀，怎能忍受如此的侮辱！氣得全身發顫，久久講不出話來。弟子們看到這位冒失鬼，把師父氣成這個樣子，便合力把這青年拖趕到外面去。然而，妙觀畢竟是一名弱女子，被這種過分無禮的輕嘲打擊之下，居然就臥病不起。

另外這方面，青年卻暗中竊笑著，且絲毫沒有抱歉的意思。緊接著，就在妙觀所住的道觀前，租了兩間房子，並且在門外升上一幅：

「天下第一等——汝南小道人手談道場」

如此的招牌，街上的行人看了之後，也大肆地宣傳。

處於被挑戰的妙觀，若不挺身出面一戰，恐會淪為笑柄，得來的名聲，必將

毀於一旦。

又萬一在公開的場合失手，則以往的榮耀，不也同樣要盡付東流？

於是，她虛稱病情尚未復原，而先派出棋力最強的弟子，與那青年對弈，藉以探測虛實。

結果，弟子回來報告說：

「那傢伙，棋力實在高強！恐怕……恐怕……師父都可能……落敗。」

逼不得已，妙觀只得親自出賽，只是她尚未開口，小道人馬上又下挑戰書。

這天大的消息馬上就被傳開，街坊的人們開始聚會商議，決定他們兩人，對弈的場所和日期。

由於，這是好事的閒人一致的決定，享有「天下第一」盛名的妙觀，也無法加以拒絕。

為免於落敗，致使顏面受損，妙觀就暗中派人傳話給青年說：

「這一次競賽的勝負，關係著大家的名聲，為不損傷各人的面子與同屬嗜棋者的情感，請收下這五十兩黃金讓這次比賽無事而過吧！」

小道人卻回答說道：

「如今我囊中飽飽，並不愁錢用。所希望的，只是佳人的愛情罷了。」

「嘿！別生這麼大的氣！回去跟你師父說，那天我會見機行事，不會讓她太沒面子就是了。」

當天的比賽，兩人頗有默契，旁觀者也覺得兩人棋力相當，攻防之間不愧是名家風範，因此人人心中莫不暗暗叫好。

結果小道人，以一棋之差，敗給妙觀。不過，兩人自是把對方的實力衡量得一清二楚。

後來，王孫貴族們，舉行一個盛宴。而打出知名度的小道人，當然也受邀在場。

這些公卿們，均問小道人，有關妙觀的棋藝到底有多深？

這位小道人，為挽回前次的面子，毫不客氣地說：「妙觀的棋力，其實並沒什麼了不起，那天的比賽，本是我故意輸給她的。」

聽他如此說，貴族們都覺得他大言不慚，異口同聲地說：

「那麼，我們立刻去請妙觀來，你與她當場各依實力，決一勝負。」

妙觀來到之後，小道人卻又說：

「這樣下一點意思也沒，不如來打個小賭，我賭五兩錢好了。」

說著就拿出錢來。

而妙觀實不想與他再交鋒，便推說沒有錢。

這正合小道人的心意，因此便說：「沒關係，妳贏了，就拿錢，如果我贏，請堂上諸位大人作證，我就要妳這位美人，如何？」

這一說，引得眾人哄堂大笑。

妙觀也被這種聰明而自負的性格所打動，再加上眾人的鼓譟，也就默許了。

於是，在眾人的見證下，這青年最後當然勝了這場比賽，而得到一位美若天仙的妻子。

這件事也傳為佳話，再轉變為小說，流傳到後世。

而這故事也正是中國圍棋情話中的頭一條。

十四、中國的當舖

——還記得「當舖」一辭嗎？由於社會的進步，經濟型態的改變，一些當舖經營業者幾乎快被遺忘了。

當舖這地方，真可謂是反應社會百態和人心的「萬花筒」，只要您看一件典當品，也就可以了解這個社會經濟景氣的動向了。

不僅在國內如此，就連外國，據說也是八九不離十。

所謂的「典」、「當」或是「典當」，其間的意義都是一樣的。

「典」是從唐代大詩人杜甫的詩「曲江」中，所衍生出來的意義。

而且在這首詩中，還有一句人盡皆知，非常有名的詩句。

朝回日日典春衣，每日江頭盡醉歸。
酒債尋常行有處，人生七十古有稀。
穿花蛺蝶深深見，點水蜻蜓款款飛。
傳語風光共流轉，暫時相賞莫相違。

意譯：退朝歸來，天天就拿著春衫去典當。且在曲江邊，飲酒行樂，而後盡興大醉地歸去吧！

為買酒舉債，一點也不是稀奇事，人生能夠活到七十歲，也實在太少了吧！（所以今朝有酒，就當今朝醉。）

輕盈的蝶兒，穿花拂柳，只能讓你隱隱約約地看見那曼舞的身姿。頻頻點水的蜻蜓，是那樣舒緩而有韻律的舞蹈著。

人生短暫，怎能不好好把握這春光？我願常與春光相伴，永不與它相離！

由上文可以很清楚地知道，在中國很早以前，就已經有典當這麼一回事了。

在當時長安都城的城中心附近，有一處供作市民遊樂場所，內有座曲折的人工水池，被稱作曲江。

這地方遠在秦代就有池水，人稱之為隑洲。所以在司馬相如的《哀二世賦》說：「臨曲江之隑洲。」康駢的《劇談錄》中，也提到這個名勝，而說：「曲江池本秦隑洲，開元中（唐玄宗時代），疏鑿為勝境，花卉環列，煙水明媚，都人遊賞，盛於中和、上巳二節。」

只不過，來這裡遊賞的，不是有錢的閒人，就是騷人墨客、王公貴卿之流。

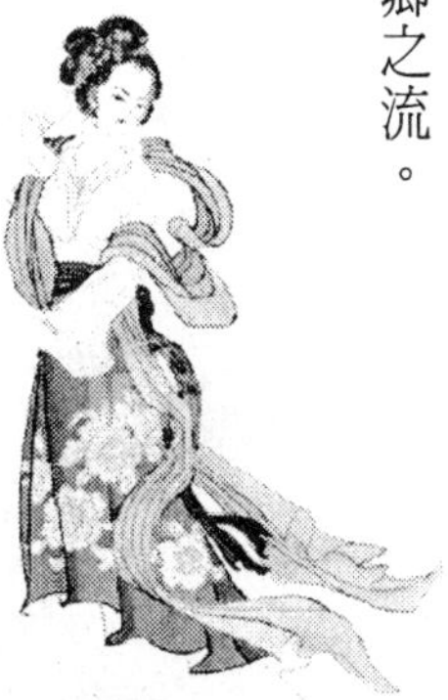

以前，杜甫從朝中歸來時，想喝酒，卻又沒錢，只好把衣服拿去典當，換了錢後，於是沽了瓶酒，就在曲江邊，大喝特喝起來。

但果真他每天回家，都要拿衣服去典當的話，真不知他到底什麼時候，才能統統把它贖回呢！實在令人懷疑。

不過，人生總之是「七十古來稀」，更何況有如此美好的春景，擺在眼前！所以，在自己還能喝的時候，就盡量地開懷暢飲吧！趁著眼睛還沒有昏花的時候，就及時享用這一片美麗的風光吧！

由此看來，自古以來，常跑當舖的顧客中，酒鬼就佔了一大半，這倒是不假的事實。

不過，要請讀者們注意的是，「典」字雖在杜甫詩中發現，但未必是他首創的「新名詞」，可能是當時已約定俗成的字眼，所以，杜甫才會用上它。在范曄的《後漢書》卷六十三劉虞傳，就記載劉虞和另一名叫公孫瓚的人，兩人本是同僚，但劉虞為政仁愛，以恩信服人；公孫瓚則是擁兵自重，窮兵黷武的大軍閥，兩人因而性情不合，互相忌恨。

有一次，政府發放糧餉，劉虞便假權力之便，故意扣剋公孫瓚的軍糧，公孫

瓚大怒之下：

「屢違節度，又復侵犯百姓，虞所賚賞『典當』胡夷，瓚數抄奪之。」

可見在范曄時代的南朝，已有如此的用法。

至於單用「當」字的，可就更早。在春秋左氏傳哀公八年，記載吳國和魯國雙方的仗未打成，要訂立盟約，魯國願意把他們的大夫子服景伯留在吳國，並希望吳王的兒子姑曹，也到魯國當人質，但吳人不答應。

《左傳》寫道：「乃請釋子服何（景伯）於吳，吳人許之，以王子姑曹『當』之，而後止。」

以上所述，可知「典當」在中國，可算是個古老的傳統。

無論如何，像當舖這樣的行業，能綿延相傳至今，或許是能解市井小民一時之困，而又有利可圖的原因。

本章即是稍微介紹從事典當業者，到底是屬於什麼樣的人物？他們的待客之道，又是如何？

當舖，實在是「很難」（指心理方面，而不是外在。）進去的地方。

因此，相信典當業者，他們服務的重點應該是要讓顧客們，克服這種心理上

的障礙，儘量不損及顧客的面子或自尊心，而要很客氣地，請他們到店裡來，「參考商量」一番。

在日本，當舖的進出口處，幾乎都安裝著一種特殊的裝置。這種裝置是這樣的：

來典當東西的顧客們，可以假裝在通道行走，像是個過路的人，然後踏上這種機器，倏忽地跳進店裡，毋須擔心會被路上行人看到。

而最典型的當舖，則是：

店舖的外頭，砌起一道很高的牆壁，然後在某一面牆，開一個小門，小門的入口處，則設有一座類似屏風的遮蔽板，可以遮住外人的視線。

在古老的封建社會裡，無庸置疑的，典當的行為是眾所公認的可恥行為。所以設置這屏風，也是為解除顧客心理障礙方式之一。

繞過這個「遮蔽板」，也就看到店裡的全貌了。

這店裡最明顯的，就是它設有一座高台，並用鐵條撐起的鐵格子，用以隔開內外兩面。

而在這鐵格子裡面，就坐了一個伙計或老闆，他可以往下注視，來典當的顧

客們。

這種設計就好像裁判官和被告一樣。

當顧客惶恐不安，戰戰兢兢地來到櫃檯前，拿出所要典當的物品，如衣服等的東西。看見生意上門的掌櫃，就板著一副撲克面孔，檢查他們的典當物。

看完了，便只說一句話：「××元」。

跟一般商店裡的老闆完全不一樣，既無笑臉，更談不上親切的服務，而且似乎連講話都覺得很吝惜似地，一副愛理不理，盛勢凌人的模樣。

至於這個估價，最了不起也只有實際價碼的一半而已。

例如，在市面上六千塊錢的照相機，已是最便宜的底價，無論是誰，大家都願意去買。可是在當舖裡，他最多也只借貸給你三千元罷了。

來典當的人若因而發出一連串類似「不能再多給一點嗎？」之類的牢騷。

典當品，可能立即被退回來。

這也就是說，給價的人，只是單方面的。所以有些掌櫃的，就抓住顧客急需用錢的弱點，加以剝削牟利。

當然，這是一種最惡劣的生意型態。

來典當東西的人，在無可奈何之下，也只好忍氣吞聲，唯唯諾諾地，拿起當票和典當金離去。

所謂「當票」是指日後要贖回東西時，做為憑證的證明書。

這當票中的文句，也是刻薄異常的。若客人典當金是五千元，當票上所寫的數字，卻是借用五千一百元整，大致情形都如此。

當舖的理由是：這多出的一百元，是「保管費」，亦即是「存箱費」。

因此，當顧客要贖回典當品時，就必須付五千一百元。

雖然美其名為「存箱費」，也不過是用紙包成一團，擱置在棚架上罷了。

繼續談的是，有關當舖的利率問題。

據筆者所知，在以前，一個月的利率，大致是二成。

也就是說，借一萬元，每個月付利息二千元。

如果是上午典當，下午馬上就贖回，也要付一個月的利息。

當典押的物品，超過一個月，尤其是又多過五天，就得再加上一個月的利息。

上述的情形，是在比較大的當舖裡才這樣子。若是在較小的當舖，那麼借出去的錢，可能更少，而利息卻更高。

小當舖一般的利率是這樣的：

若典當五萬元以上，月息二成；五萬元以下，三萬以上，月息就要三成；顧客典當的錢若在三萬元以下，就以十天為一期計算，利息在二成到三成之間。換言之，借的錢愈少，利息反而愈高。像三萬元以下的情形，若換算成一個月，則月息可能高達六成，甚至是九成。

原本來當舖的，都已經是一些貧窮的人，如今又在這種高利的剝削下，所以大部分的東西，都因而「當死」了。

又關於典當的期限，一般說來，是十二個月到十八個月之間。

若是小當舖，很有可能四個月到六個月，就期滿。

遇到戰時，期限就縮得更短，利率也升得更高。

一位久居於西貢附近一個華僑街的人抱怨說：「質押的物品，包羅萬象，而利率之高，期限之短，說了實在令人咋舌，這恐怕是世界第一等的吸血鬼！」

再談中國的典當業者，他們的專門術語。

一般而言，他們也有該行業的專用文字。例如，把當票交給典押的顧客時，他們就會以專用文字記下典當品的名稱、數量、品級等等。

由於這上頭，只夾著一、二個正體字，所以典當物品的人，可能會以為那大概是典當品的名稱。

實際上，這是局外人所無法得知的。

而這其中的名堂，很可能就是這種情況：

典當品本是完好的衣服，或照相機，但由於他寫的是，旁人無法看懂的專門用字，因此，可能就被寫成破舊的衣服，或快門壞掉的照相機。

果真如此，為什麼他還願意讓人典押呢？又為何要收取高額的保管費呢？

這實在是令人大惑不解。

萬一來典當的顧客遺失當票，又該怎麼辦呢？

這時候，任憑物主再怎麼辯說，當鋪的老闆是絕對不予理會的。

可能的補救辦法，是當事人舉出能證明他是物主的保證人，然後再補發當票給他。

當然，也為物主「擔一份驚」的當鋪老闆，這時還要收取典當金額的一成，做為「遺失補發手續金」。

又如果，當票有破損的情形，自然還要收取補修材料費。

當即使典當人，想要看典當物時，也難保不被收取「觀賞服務費」。

這也就是為何貧窮的人，一進當鋪的窄門，就會因典當品的緣故，而被搜刮殆盡。

讀者們覺得殘酷嗎？然而這就是名符其實的當舖真面目。

中國的當舖，最早開始於南北朝時代，起初是由於出家人的寺院為救濟貧窮人，所興起的一種公益事業，故可稱為「良心當鋪」。

到唐朝以後，商人卻以此為賺錢的手段，而開始經營。

到清朝時，甚至以政府為背景，形成一股龐大的、榨取貧民的大勢力。

當鋪這種牟利害人的惡行，不獨中國才有，在日本江戶時代「質屋」，更不亞於中國的典當業者。

所以，人類自私享樂的慾望，並不因人種的不同，而有所差異。

十五、曹操和代書

對某些外國人來說，要學好「真正」的中國話，實在不是件簡單的事。

在台灣社會裡，有一些對外國人而言，是罕見稀奇的語言辭彙，這些語言卻經常出現在新聞、報紙、雜誌以及人們的交談中。

因此，即使是大學專門科系畢業的外國學生，要想達到圓熟地講出有學識、涵養的中國話的程度，仍須花費相當長的一段時間。

故而，在本章裡大略的從一些日常生活中，經常使用到的語句，來探討中國話，深奧難懂的地方。

在此舉一個讀者們熟知的俚俗辭彙，那就是——「情人」。

這是一句，經常出現在小說或戲劇裡的辭句，讀者們看了一定想笑。

的確，這是含有相當「敏感」性的辭句，暗示「異性的戀人」的意思。

然而，「情人」這兩個字在唐代的大詩人如「詩仙」李白，「詩聖」杜甫，以及「丞相詩人」張九齡（曲江人，字子壽，文學冠於一時，於玄宗朝為宰相，

個性正直，不喜逢迎諂媚，後被奸臣李林甫進讒言，罷退政事，泣而下野）等人的詩作之中，常把「情人」認為是交情很深，彼此互相信任的同性朋友，而不全是指異性的戀人。

換言之，「情人」一詞，可並用於同性與異性的知音好友，這也正是張九齡在「和許給事直夜簡諸公」詩中，所謂「情發為知音」的意思。今特地抄錄數首於下：李白「送都昂謫巴中」——

「瑤草寒不死，移植滄江濱。
東風灑雨露，會入天地春。
予若洞庭葉，隨波送逐臣。
思歸未可得，書此謝情人。」

杜甫「巴西驛亭觀江張呈竇使君」二首之一——

「轉驚波作怒，即恐岸隨流。
賴有杯中物，還同海上鷗。
關心小剡縣，傍眼見揚州。
為接情人飲，朝來減片愁」

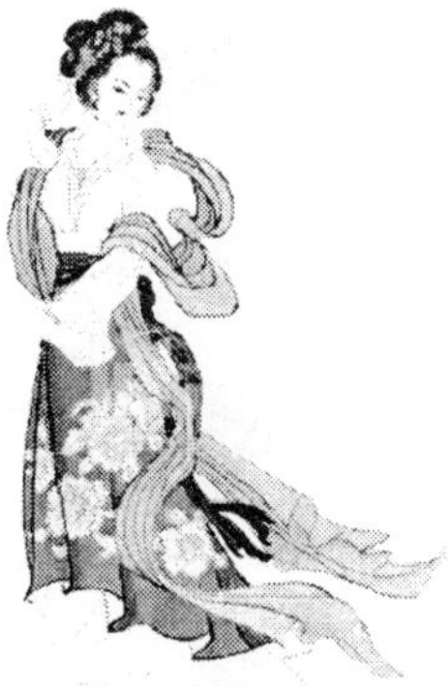

杜甫「王十五前閣會」——

「楚岸收新雨，春台引細風。
情人來石上，鮮鱠出江中。
鄰舍煩書札，肩輿強老翁。
病身虛俊味，何幸飫兒童。

張九齡「望月懷遠」——

「海上生明月，天涯共此時。
情人怨遙夜，竟夕起相思。
滅燭憐光滿，披衣覺露滋。
不堪盈手贈，還寢夢佳期。」

而將「情人」明指為心上人的，也是很多！我們就舉張九齡的一首「折陽柳」詩，以做說明：

「纖纖折陽柳，持此寄情人。
一枝何足貴，憐是故園春。
遲景那能久，流芳不及新。

更愁征戍客，容鬢老邊塵。」

所以，如果用現代的觀念偏執一義強做解釋，恐怕就大有出入了。

同樣地，在唐朝人所使用的話語中，除「情人」外，又如「佳人」或「美人」，也有被當成「朋友」、「賢者」，甚或「君上」的意思來使用的。

當然，這兩個辭彙，也可兼指美貌有才德的女子。如杜甫有一首五言古詩，敘述一個絕代的佳人，被輕薄負心的男子拋棄，幽居空谷的情形，詩題就叫做「佳人」。

然而像張九齡有一組題名為「感遇」的詩，共十二首。裡面多次提到「美人」二字，指的卻是在上位的君相而言。節錄一首於下：

「蘭葉春葳蕤，桂花秋皎潔。
欣欣此生意，自爾為佳節。
誰知林棲者，聞風坐相悅。
草木有本心，何求美人折！」

再如李白的一首「擬古」，裡頭的佳人，則指知音友朋：

「融融白玉輝，映我青蛾眉。

寶鏡似空水，落花如風吹。
出門望帝子，蕩漾不可期。
安得黃鶴羽，一報佳人知。」

以上所舉，都只是唐人的詩作，而唐人的語彙，仍是前有所承，並非獨創於一時，最明顯的，莫過於「美人」一辭，它在屈原所作的楚辭中，已經象徵君上或用以自比。如：

「惟草木之零落兮，恐美人之遲暮」、「與美人之抽思兮，并日夜而無正。驕吾以其美好兮，傲朕辭而不聽」

經由偉大的詩人，如此一用，百年以下，自然也都起而效之了。

所以，像宋朝的大文豪蘇東坡，在他的「前赤壁賦」中，便歌道：

「桂棹兮蘭槳，擊空明兮泝流光。渺渺兮予懷，望美人兮天一方。」

至於「情人」一辭，如六朝詩人鮑照（字明遠），他有一首「習月城西門廨中詩」言道：「迴軒駐輕蓋，留酌待情人。」

又如南唐北宋之際的大文學家徐鉉，他的九月三十夜雨寄故人詩，也說道：

「獨聽空階雨，方知秋事悲。寂寥旬假日，蕭颯夜長時，別念紛紛起，寒更

故故遲。情人如不醉，定是兩相思。」

又如「佳人」，在江淹的「去故鄉」裡頭也說到：「願使黃鶴兮報佳人。」

總之，這些辭彙，都是歷史悠久，其來有自的。

當然，如果依照現代一般口語的習慣用法，毫無疑問地，「佳人」也好，「美人」也好，一定是專指美麗漂亮的女性而言。

而且說話的人，決不會用此來稱呼男性。聽話的人，更不會誤認那是在說長滿鬍鬚的朋友。

連「佳人」或「美人」，也可以同指男性而言，這是身為現代人的我們，未接觸中國古典文學之前，所始料未及的吧！

此外，在前文所引用的許多名家的詩句，讀者們如果仔細閱讀，一定還會發現一個與現在用法，不太一樣的語句，那就是「相思」。常聽現代人說：「某人為情傷風，為愛感冒，可憐他竟患了『相思病』！」

而在古時候，這意義卻是廣泛的，我們就隨意舉李白的「遊秋浦白笥陂」二首之一，來做為說明：

「何處夜行好？月明白笥陂。

山光搖積雪，猿影桂寒枝。
但恐佳景晚，小令歸棹移。
人來有清興，及此有相思。」

看過這麼多首詩，如果有一天，讀者們忽然看到張九齡的「曲江文集」裡頭有：「義將私愛隔，情與故人歸。」（通化門外送別）或如李白詩集裡的「江夏送張丞」：

「欲別心不忍，臨行情更親。
酒傾無限月，客醉幾重春。
藉草依流水，攀花贈遠人。
送君從此去，迴首泣迷津。」

可別大驚小怪地說：「他們都有病了，竟然男人與男人情話綿綿！」如此可真要笑掉人家的大牙了。

當然，由於中國古代語句的界定範圍總嫌籠統，所以後世之人，讀前代人的作品，往往變得「雌雄莫辨」，如「子都」一辭便是。

在詩經鄭風有一首詩——山有扶蘇：

「山有扶蘇，隰有荷華。不見子都，乃見狂且！」

（意譯即：山裡頭有扶木，澤地裡有荷花。我卻不見心愛的俊俏郎，偏遇上個拙狂的野人家。）

當然，子都是美男子的稱號。但在《孟子》告子篇又說：「子都，天下莫不知其姣也。」似乎又變成女子了。所以閻若璩的釋地篇乾脆就說：「子都，古之美人也。」

在平常用語中的「娘」字，情形也是大致相同的。

這個「娘」字，原本的字義，是指「女兒」或「少女稱號」的意思。

但在唐代，這個「娘」字，就成為「人妻」的意思。

在唐書楊國忠傳裡記載：「帝（玄宗）欲以太子監國，國忠大懼，歸謂姊妹曰：『今當與娘子等拼命矣（沒命了）！』」正指妻子而言。

又如元人陶宗儀的輟耕錄說：

「都下自庶人妻，以及大官之國夫人，皆曰：『娘子』。

考史，唐平陽公主有娘子軍；花蕊宮詞：『諸院各分娘子位』；昌黎有祭周氏二十娘子文。

以此推之，古之公主、宮妃，以與民間，共稱娘子，不分尊卑。」

到盛唐的玄宗皇帝以後，「娘」字則又變成「人母」的意思了。

女孩子因戀愛或相親之後，成為人妻，一旦生兒育女，又為人母，這是人生的一般現象。

而這個「娘」字，意思的演變，就跟這個程序一樣，實在是有趣得很。

而現在所謂的「娘」，則是專指母親而言。

這是採取「娘」字最後一種意思。

再如「謝」字，跟「娘」同樣地，都是一般經常會使用到的字眼。

現在的「謝」字幾乎都是做為「感謝」的意思使用。

我國百家姓中，也有以「謝」做為姓氏的，除此之外，以前和現在的用法，卻大有不同。

在古老的漢文中「謝」字，大多意味著「辭去」、「以辭相告」的意思。

如在禮記曲禮裡面說：「大夫七十而致事（退休），若不得謝，則必賜之幾丈。」

另在史記張耳陳餘列傳：「有廝養卒（砍柴養馬的小吏）謝其舍中（門下食

客）曰：『吾為公說（說服）燕，與趙王載歸。』」

又像「陳謝」一辭，有表示道歉、賠罪的意思。

而成語「新陳代謝」，則表示去舊換新，輪流替換的意思；「謝」字便有「衰退滅卻」的涵義。

因此，古今的使用法是有差別的。

諸如此類，我們可以知道在中文裡，縱然是相同的一個字辭，甚或一個句子，隨著時代的變遷，或將本義引申，或經過假借等方式，會產生多種不同的意思。

所以，和人交際時，突然說出幾句似是而非的誤解話，那就不足為奇。

又另一種現象，則是在使用方面，產生不同的用法；也就是說，在每一個地方，都有其適用的意思。

不能正確地明白，對方所談的真正意思，而曲解會錯意，是當今社會上常發生的事。

然而，中國話的難處，並不只是因為字句經過長久歷史的演變過程，意義也隨著時代的遷移而有所轉變，這一點而已。

其中還有許多，從歷史上發生的事實，演變而成的典故，我們稱為「成語」

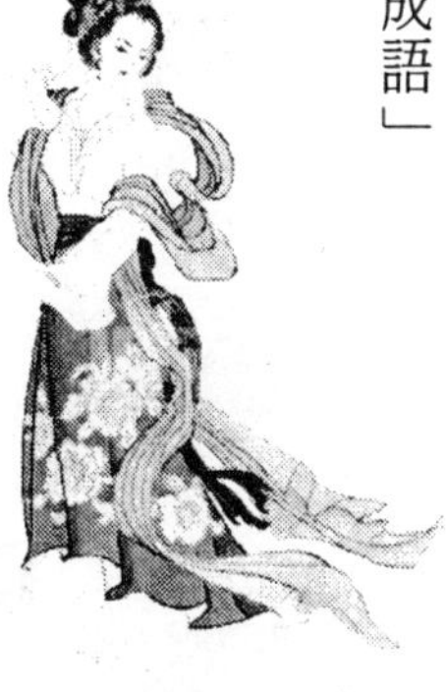

的辭句。

國人想要對這些「成語」有所認識，也不是很容易，況且是外國人，那就更常常文不對題。

連我們自己，都會經常用錯成語，一併介紹於後：

例如，「後來居上」這句成語的典故來源，是從漢朝武帝的一位臣子——汲黯的故事中，衍生而來的。

汲黯是一個心直口快，有話直說的「敢諫型」良臣。連漢武帝都對他敬畏三分。在史記裡頭，說他的個性是：「為人性倨，少禮面折，不能容人之過，合己者，善待之；不合己者，不能忍見。」

有一次汲黯要奏事，武帝坐在武帳之內，冠帽不戴，衣衫凌亂，打老遠看見汲黯走進來，趕快躲起來，而命人準他所奏之事，真是對他敬畏無比。而正由於他這種過於剛直的個性，不容易討好人，所以一直無法升遷，他對於長久以來，都未能升官一事，也大為不滿，而終於無法忍耐了。

有一次，他在朝廷，竟當面對武帝大聲地說：

「陛下用人如積薪耳——後來居上！」

堆積柴薪，本是自下往上的堆起來，因此越後面的木柴，也就堆在越上面。

汲黯用這件事，以巧妙的譬喻，像自己這樣的老臣，竟被冷凍不用，而用的全是新貴，實是很「吃虧」。

自他這麼一說，漢武帝一氣之下，對他也愈來愈冷漠了。

這是「後來居上」的典故及其由來。

聽說就在會議或宴會上，有人嘲笑遲到的人，為「後來居上」。就是對於那些遲到的人，大家異口同聲的說這句話，讓遲到的人坐到上位去。這種用法雖然是錯誤的，但可以算是笑談，大家莞爾一番。

再舉一個例子——「染指」。它的本意與「食指大動」的成語是相關連的。不過，目前卻都把它當作另一種解釋。

我們說，某個男子玷污、非禮某位女子，就稱做「染指」，以致使它的本義湮沒了。即使是文史科系的人，可能都不知道它真正的意義為何，所以，現在就來說說這個較「難」的典故。

根據《春秋左氏傳》記載，鄭靈公元年時，楚國送給靈公一隻大黿（凡是大鼈都稱黿）。靈公很高興，便命廚子把牠殺了。

鄭國的公族有二位公子，一名子公，一名子家，二人都在朝廷當卿大夫。當子公和子家都要上早朝時，子公的食指一直動。他在家跟子家說：

「以前食指一動，就會嚐到異味，今天一早食指又在動，大概又有什麼好吃的東西，等著我了。」

子家不信地說：

「那有那麼準的事，簡直不可思議！」

「不信就試試看。」子公笑著說。

當早朝完畢的時候，果然靈公已命廚人煮好一鍋的黿肉，準備和卿大夫們一同享用。

此時的子公和子家，不禁相視而笑。由於他們笑得太開心，靈公就問他們在笑什麼，子公於是就據實相告。

靈公一聽也覺得不可思議，但事實已擺在眼前。

然而，鄭靈公卻偏偏惡作劇，不讓子公的預感實現。於是賞給每位大夫黿羹吃，偏偏就不給子公。

子公大怒，就走上前去，用食指在鍋裡一摳，用舌頭嚐一嚐，大搖大擺的走

出朝廷，表示他也吃到珍味了。

靈公見子公竟敢違抗他的意思，大為震怒，於是下命要殺他。機敏的子公早已逃得無影無蹤，得以保全一命。

然而這仇恨並未了結。子公一意要報復，於是在靈公元年的夏天，和子家共謀，就把靈公殺了。

為了一碗黿羹而賠上性命的靈公，從即位到被弒，才不過一個春季而已，真是可悲！

「染指」的典故由此而來，所以，沾取自己本不該得的利益，就叫染指。與時下的用法，是大不相同。

另外，又如「徐娘半老」本意也是帶有輕薄的意味。這是六朝時代，梁元帝的妃子徐昭佩，與元帝的近臣季江私通，季江每每讚歎徐妃——「徐娘半老，猶尚多情。」

因此，形容人駐顏有術，常青不老是「徐娘半老，風韻猶存」，簡直就是在罵人。

接著，來看一句與出現在史書《三國志》，或小說《三國演義》中的一代梟

雄曹操有關的故事——「捉刀」。

一般民眾，對於這位奸雄，都十分地厭惡，甚且認為，他是天下第一號大壞蛋。

何以會說曹操是一個壞人？

因為他經常欺騙別人，或者為根絕自己的危機，而不惜犧牲他人。

他自己就曾經說過：

「寧我負天下人，毋天下人負我！」

可知他是如何的自私。

我們可以再舉事實來說明：

例如兵糧不足時，他就故意把升的容量弄小，來欺騙眾人。

當詭計被識破，兵士們開始騷亂時，他就稱說，這是兵糧官監守自盜，而把兵糧官殺了，以安撫兵士。

又當他挾天子以令諸侯，擁有大權之時，為怕人在他酒後與睡夢中暗算他，所以宣稱，在他睡時與酒後，都會不知不覺的殺人，因此即使有要事，也不可以入房通報。

為證明所言不虛，他便故意殺一個平時所親信的部屬，而在他清醒之後，「失聲痛哭」以表哀悼之情。所以為明哲保身，誰也不敢去挨刀子了。

在他年輕的時候，他的叔父為了離間，常將他放蕩的行為向父親打小報告。聰明的他，於是想了個辦法：

他在路上，遇到叔父的時候，就假裝一副羊顛瘋的樣子。

叔父一見大驚，趕忙將這情形，跑回去告訴他的父親。

曹操當然知道叔父跑回去，又要幹什麼「好事」了。

於是就很快地，恢復平常健康的樣子，回到家裡。

父親當然很訝異，於是他就向父親說，叔叔老是愛煽動是非，其實完全是一派胡言，不能相信他。

像這類的故事，都是曹操為保護自己，而侵害別人權利、名譽與生命的有名故事。

且說，剛才所提到的「捉刀」一詞，就是從曹操故事中，衍生出來的。

今人則把它當作向人拜託「代書」的意思。要請讀者們注意的是：這裡所謂「代書」，是「代人作文書寫」的意思，而不是讀者們在街上所看到的招牌，寫

道：「代書事務所」之類，代理人辦理土地登記的「代書」。

曹操是什麼時候？又是為什麼而「捉刀」呢？

那是在曹操掌握朝權之後，有一次，曹操要接見匈奴使者時，發生的一件事。

當時曹操心想，像我這般既短小又平凡的臉孔與身材，實在毫無威嚴可言，如何降服異域？

不如讓眾臣裡，容貌最端正魁偉的崔琰做我的替身，也好讓匈奴使節回到國內宣傳說，我很有威嚴。

於是就讓崔琰穿戴上官服，扮成自己。而自己裝扮成站立一旁，緊握著佩刀的待命護衛，好親自聽一聽談話的內容。

當接見匈奴使者，談話完畢之後，曹操自覺得意，就遣人暗中打聽匈奴使者的感想。

使者道：「魏王端雅的相貌，真是異於常人。而立在魏王身側，捉刀待命的武士，此人也有著英雄的威風氣概！」

這故事，記載於劉義慶《世說新語》的容止篇，流傳至今。

匈奴使者這番話不僅無惡意，甚至還太過於奉承，然而曹操一聽之下，竟然

派人追殺使者。這真是奇怪的事！曹操辦事，總讓人有丈二金剛摸不著頭緒的疑惑，我們再三的思量，可能有幾種原因。

由於使者所說的話，讓人覺得一個捉刀的衛士，竟比主角還出風頭，這豈不大違他的初衷？這當然令他不快。

且使者若將這話傳到匈奴單于的耳中，單于豈不也會誤以為，曹操只不過是個「銀樣蠟槍頭」，根本是全靠屬下的功績才有如此的成就？

匈奴使者的眼光是那麼銳利，可見決非等閒之輩，若縱虎歸山，恐要遭到養虎貽患的後果，不如立刻解決掉，來得乾脆些。

基於上述理由，可能正是使者被殺的原因。

但不論如何，這個曹操幫自己找替身，自己反而捉刀當護衛的故事，流傳於後世之時，卻只被採用其中一小部分的意思，而演變成「捉刀」就是讓別人「代書」的意思。

且這其間還有一點小毛病，就是主客顛倒的問題。因為目前用「捉刀」的意思，就如同崔琰當曹操的替身一樣，而這麼一來跟原是「曹操捉刀」，就有了出入。

這在《稱謂錄》的頂替篇裡，已說得很清楚，我們就將它抄錄於下，讓讀者們自行深入的揣摩一番：

「世稱代作文者為『捉刀』，以作者非正身，乃捉刀人替為也。後遂以捉刀為替身，非正身矣！

今觀此事（世說容止篇所載），則知捉刀人，正為正身。相習稱之，而失其考耳。」

當然，類似的情形，並不只限於中國話是這個樣子。不論是英語或日語，也會發生。

身為現代人，若想要略通一二，是需要耗費相當工夫的。因為學問一道，本是無涯際可言的。

在清朝乾隆皇帝時，匯集自古以來的書籍，編成一部《四庫全書》，大約共有十七萬卷左右，真可謂空前的一大創舉。

我們如果每天都讀一卷，即使有百歲的壽齡，恐怕也得花上十幾代的時間才能一一讀過。這不由得使人感歎，中國的學問真是浩翰無垠。

十六、女性的謀略——賈南風

在小說《三國演義》中，與有名的大軍略家孔明交戰的魏國將軍——司馬仲達懿的孫子司馬炎，簒了魏國，又併滅東吳，建立統一的天下——晉。

司馬炎後來又將國家傳給白癡兒子司馬衷，也就是晉惠帝。

賈南風就是惠帝的正后。

而這個惠帝，就是天生的呆子，當他聽說，天下貧困的人沒有飯吃，竟然問說：「何不食肉糜？」（意味：那些人怎麼不吃「肉粥」？沒有飯，改喝粥，倒真是聰明絕頂。）

有這樣的皇帝在位，必然地，宗族與群臣們，就開始明爭暗鬥了。

其中，賈南風極冷靜地運用各種謀略，故而能掌握實權。

她的出身，也是很不錯的。父親賈充是開國的元勳，賈家是傾盡全力、策動計劃，一意想使女兒進宮封后。

結果，事情很順利，賈南風終於如願以償，先當上皇太子的「愛妃」，一開

始，這就是一件大陰謀。

惠帝的父親──武帝（司馬炎），欲立同是元勳的衛瓘之女為太子妃。然而賈家極力奉承楊艷皇后，不斷呈送禮物，藉以籠絡她。

楊皇后一次也沒見過賈家的女兒，但仍不顧武帝的意見──「衛家的女兒，頭腦好，人又長得美，是宜子宜孫的命相；賈家的女兒，生得『短黑』又醜陋，甚且脾氣又不好，將來人丁必然不旺。」

楊艷乃與重臣為夥，而大臣們也受賈充的賄賂，因此就決定與賈家的婚約。武帝又是個耳根極軟的人，也就勉強地答應了。

但是，最初想娶的，是賈南風的妹妹──賈午。

然而這個賈午，當時年方十二，要管教這位腦筋欠靈光的太子丈夫，總覺得太年輕了些。

於是就變成當時十五歲，比惠帝還大二歲的賈南風當新娘。這正是所謂的「姑且妃子」。南風的父親是個相當狡詐，富於謀略的野心家。因此，承繼這種血統的賈南風，雖然年幼，也已充分具備野心家的素質。

在《晉書》上提到她：「喜嫉，太子畏且惑。」（又怕她，又對她的肉體很

迷戀。）所以，她就如同「惡妻」的典範一樣，是個十足兇狠毒辣的女人。武帝司馬炎靠祖父司馬懿和父親司馬昭的宏功偉業才統一三國，建立晉朝。

然而，一提到後繼的這位癡呆的皇太子司馬衷，就感到頭痛。

朝中大臣，也都有所顧忌。無人敢提皇太子的事。終於有一天，在宮中宴會時，開國元勳衛瓘，再也忍不住，故意借酒裝醉，挨近皇帝的王座，一邊撫摸，一邊喃喃自語道：「這王座，可惜啊！」

聰明的武帝，當然能領會他的意思，笑著說：「卿醉了！」然而晉武帝的心中，卻也有許多「期許」……，就是要試試太子實際的才能。若他真是不行，就要廢掉他，準備另立其他後繼者。

於是，在他下定決心之後的某一天，他告訴太子，有關一件懸案的始末，而命太子去處理，藉此以考驗他的能力。

銳敏的賈南風，見此也不禁大吃一驚，事關重大，自己將來的前途，陰謀的成敗，就在此一舉了。

因此，賈南風偷偷地命人代為作答，好讓武帝視察，結果武帝非常滿意。

所謂「有其父，必有其子」腦筋不夠聰明的武帝，難怪才會生出這樣的笨兒

子。令人想不透的是，武帝竟沒想到，其中可能有弊？

然而，見此而大驚的，反倒是衛瓘。

他想到惹下禍殃的「王座」事。如今，太子又通過武帝的考驗，假使讓太子當上皇帝，將來遭受賈南風的謀害，定是免不了的。

果然不出他所料。惠帝即位後，南風也手握大權，隨即就把他殺了。所謂「勝者為王，敗者為寇」，在晉朝那樣競爭激烈的情況下，敗了被殺，也是理所當然的常事。

相信嗎？以賈南風一個女子，竟然也充當「劊子手」，殺了無數的人，然而還有比這更殘酷的，那就是殺害嬰兒。

此處的「嬰兒」，並不是指出生好幾個月的小孩，而是指太子的嬪妃中，若有懷孕的人，不問理由，立刻將她殺死。

這是因為她自己再怎麼想盡辦法，也無法生育，為保有自己將來的地位，能夠安安穩穩，沒有競爭的敵手，所以才使用這手段。

至於賈氏殺人的方式，不是連續地猛刺，就是將孕婦鞭打致死，有時甚至像投擲標槍般的，將長戟射入孕婦的肚裏。

像這情形，大概是歷史上女性陰狠式的殺人法吧！她的公公——武帝，雖也聽聞賈南風的所作所為，曾經大怒，要廢了她，然而寵臣全被他們父女收買，要廢掉她，也不是件容易的事。

而且武帝的新后楊芷與楊艷同是姐妹，都非常袒護南風，常向武帝灌輸廢她不得的思想，並且更傾訴，南風的父親賈充，當初是如何如何地為國立功。

因此，且看在功勞的份上，就饒恕她吧！更何況善妒是女人的天性，而她也還年輕，不懂得輕重。

武帝這「豪傑」，對這位新妻，就如同對舊后楊艷一樣，仍是言聽計從，賈南風也因而得以倖免。

賈氏對周圍的人，都摸透了脾胃，她也都能各投其所好地善加運用。

故而，南風所計劃的策略，實在是他人所不能望其項背的。

不過，賈南風也是戰戰兢兢，如履薄冰般的渡過十八年之久，直到武帝死後。

從此，南風那善用謀略的本領，就顯現無遺。武帝一死，太子順理成章地登基為皇帝，他即史上所稱的惠帝，但這樣一個癡呆的天子，終不免被人擺布。

起初，政治的實權，操縱在如今已是皇太后的楊芷的父親——楊駿手中。

楊駿大肆提拔楊氏家族，任居要位，因此，實力遠在皇帝之上。

另一方面，賈南風也不甘示弱，利用她是皇后的地位，也推舉兄長親屬各就高位。

於是，兩派外戚逐漸地形同對立局面，箭在弦上，也就不得不發了。楊駿的失敗，就在於他太過輕視宗室司馬家族的諸侯王。

當時的諸王，在他們據守的地區都擁有兵馬的重權，這是司馬炎效法劉邦，大封同姓諸王的結果。

賈南風知道司馬家族對楊駿不滿，於是就暗令在官中抑鬱不得志，反對楊駿派的家臣，將楊駿謀叛的「秘密」告知司馬亮、司馬瑋等主要幾個藩王。

粗心的楊駿，就這樣被大軍包圍在馬廄中，而被殺害。用計策順利地除掉眼中釘的賈南風，是再高興不過了！得意的賈氏，接著便設計要除去皇太后楊芷。

當武帝要廢掉南風，並降她為庶人時，楊芷曾是解救南風的大恩人。

而且，楊芷的姊姊楊艷，也曾經在南風進宮之前，助過她一臂之力，讓她順利的當上太子妃。

但是，楊芷是被謀殺而死的楊駿之女，一旦陰謀洩漏，楊芷發現是賈氏在搞

鬼，恐怕她將會有所報復。

而且，皇帝詔命全要經過皇太后楊芷之手，所以，自己什麼時候被殺，恐怕都不知道呢？

到這緊要的利害關頭，也就毫不客氣地，做出忘恩負義的事。

但是，聰明狡獪的她，為獲取世人的諒解，當然事先就要為預謀做好準備！這是在先前，當楊芷的父親楊駿被大軍包圍時，在情非得已之下，楊太后下令，將一塊巨形布條懸掛在宮城之外，上面寫著：「救楊駿者，賜與重賞。」

南風就拿這布條當證據，將楊皇太后幽閉起來，隨後又殺了她的母親，不堪雙重打擊的楊太后，便因而絕食而死。

賈南風又怕她在西天淨土，對武帝訴說前因後果，冤魂來找她麻煩，於是就命道士，對著她的棺木唸咒文，讓她永不得超生。

所以，這簡直是用心到極點了，如此一來，宮中的三大勢力（武帝、楊駿、楊芷），也全被消除了。

下面就輪到藩王了。

南風雖然已握有中央實權，但還無法制服地方的侯王，尚不能一統大國。

賈南風仔細地研究藩王之間微妙的關係，發現司馬亮與司馬瑋兩人感情不睦。

「到底與那一方聯合的好呢？」賈后心裡盤算著。

賈后想到，司馬亮曾與欲廢太子的衛瓘交好，於是決定拉攏司馬瑋。

於是，賈后立刻悄悄地，送惠帝的密文到司馬瑋那兒，告訴他有關司馬亮預謀篡奪皇位之事，司馬亮因而被突襲而敗死。

司馬瑋受南風矇騙，亦難逃一死。此後，南風更無忌憚了！

不過，還有一件事未了，那就是孩子的問題。

先前，賈后收了一名叫司馬適的做為養子，並立他為太子，但是，他總是外人，若丈夫皇帝一死，很有可能他會帶頭引起反動暴亂，這豈非養虎貽患？這樣如鋩在背，還是不能高枕無憂的。

於是，這一次，自己宣布說：「我懷孕了。」然後神不知鬼不覺地，把妹妹的兒子帶進宮中，用一團布裹住腹部，在炎熱的夏天，想必是燠熱難當，然而，為了她的地位，又豈在乎這一時。

不久，賈后召開宴會，並請太子赴宴，乘他酩酊大醉時，拿出一紙文書，叫他簽字。書文的內容是：「像惠帝這樣的笨蛋皇帝，早死早好，要不然，殺了他

了事！」

看了這文書的惠帝，勃然大怒！

任誰都會珍惜生命的，即使是個呆子。就這樣，在殿前會議上，一陣激辯下來，最後決定——幽禁太子。

但是勢力殘存的宗室諸王，也開始覺得「懷疑」。因為太子的廢立，本是要獲取宗族諸王一致承認的大事。

善使心機謀略的賈南風，最後喝下摻有金屑的毒酒而死，這樣的下場，較之她施於人身上的，仍嫌厚道。

終於，在暗中趙王司馬倫（也是野心家），悄悄組織討伐賈南風的軍隊，由他控制了整個局勢。賈南風，終於難逃詭計洩漏的命運……。

十七、一妻多夫

結婚，這實在是一件不可思議的事。

近來，逐漸的隨著女權的擴張，各式各樣的結婚形式，真是令人眼花撩亂！

有的是兩人「同居」，但卻不等同於結婚。

好比說，女人生孩子，並不是為男人，或為他們組成的家，而是因為自己想要，所以就把孩子生下來。

因此，當對方覺得厭煩了，兩人也不用辦什麼手續，立刻就分開，簡單得很。

諸如此類的男女關係，在目前社會上，是越來越多了。

以上種種「新觀念」，是在一本牢實可信的雜誌上，某些女性親自署名發表的，是一個活生生的真實故事。

若以一夫一妻的既有觀念去看，未免覺得，她簡直形同怪物一般。

實際上，我們應該說，這是「一妻多夫」的變形。

在歷史上所見的結婚案例，如眾所周知的，有多夫多妻制（群婚）、一夫一

妻制、一夫多妻制、一妻多夫制等四種。

最後一項的一妻多夫制，若依照我國傳統的道德觀看來，簡直是不成體統。

在下文便以中國歷史上的故事，當作例子，提出來供讀者們作參考。

在古代，有一本名叫淮南子的書，裡面提到，在春秋時代——

「那時候，有一個名叫倉吾繞的，他娶了一位嬌艷動人的妻子，於是便讓給哥哥……。」

在班固的漢書裡頭，也說道：

「傳說在燕地，若有客人來借宿，主人當夜便命妻子去服侍他……。」

有不少學者，大致認同，這是一妻多夫的形態之一。

在世界各國，也都可找到類似的例子。

而「一妻多夫」的情形，是否會比「一夫多妻」的糾紛更大呢？

在西漢宣帝時，某地有三名男子，共娶一名女子為妻，後來，這女子生下小孩，這問題就來了。

孩子究竟屬那一人？

於是在男性間，便起爭執。在分配不均之下，三個人就告到京城。

結果，三人被京兆尹（等於如今的市長）斥責為如同禽獸般的淫行。因而三個男人被判死刑，兒子便歸母親撫養。

所以，一妻多夫的情形，在中國當時（紀元六年前左右）已被列為刑罰的對象了。

「一妻多夫」的形態，首先，就會讓在父系社會中長大的人，覺得實在是不倫不類，不成體統。

但是，假使處在女性當權的社會，也就變成理所當然，很容易就接受了。

這是記載在南史宋本紀的前廢帝紀中，有關宋武帝之女——山陰公主的有名話題。

山陰公主的弟弟子業，當上皇帝，窮採博搜，網羅無數的美女嬪妃，過著極盡淫慾奢華的生活。

山陰對此情形，大感不滿，於是興起一個念頭，告訴子業道：「你我同是父王親生的骨肉姊弟，但是你在後宮，卻擁有上萬個妻妾，而我就只有一個駙馬，這豈不是太不公平了嗎？」

子業被問倒，子業似乎也覺得頗有理，於是同意讓山陰公主擁有三十多名美

男子，當她的「面首」——男妾。

而在同屬六朝的南朝宋之後，南朝齊的鬱林王，想到母親很孤寂——「真是可憐得很！」於是也派遣三十多名男妾，去服侍她。

或許，這可以說是孝行吧！

沒有像前述那樣，擁有這麼多的男妾，但是，卻廣為人知的唐代則天武后，以及他的兒媳婦——中宗的妻子韋皇后。兩人均擁有許多「寵男」。

這也可以說是一妻多夫的變形。

另外，也有悄悄地背著皇帝，極盡淫慾的皇后，如前文述及的賈南風，就是如此。

不過，與當時一般所認同的一夫多妻制，比較起來，仍屬於少數。

以上這些女子，都是身居高位，擁有支配權的例子。

至於一般的庶民階層，雖受到「社會規範」的限制，但還是出現許多極有趣的例子。

我們就舉其中二、三個故事來看看。

在一般民間，有所謂「招夫養夫」或是「掛帳十年」的故事。

所謂「招夫養夫」，是指雖身為丈夫，但卻吊兒郎噹，不務正業，在無法養活一家子的情形之下，太太只好另外招贅有「實力」的丈夫，為他們全家人勞動出力的意思。

如果依照字面解釋，也很好懂，就是招一個丈夫，來養活另一個丈夫。

像這種情形，若不是被招請來做苦力的丈夫非常喜愛這個妻子，要不然就是像大公司裡的經理那樣有充裕的金錢，並能提供一點工作，讓無賴漢去做，自己還可以嚐到一點甜頭。

不過，這也實在是沒面子的事，即使風流的人，有意被招贅，也常會有猶豫不決。

至於「掛帳十年」，則是指貧婦在丈夫的同意下，再嫁一有錢的丈夫，而這個富人丈夫，便把契約和金錢交給貧夫，約定的期限是十年，期滿再回到原先丈夫的身邊。

這種方式，是為了資金調度，只好賣了妻子，讓她「再婚」的情形。

這就跟賣妻子到妓女院，是一樣的。

只是，妓女院有數不清的尋歡客，而「掛帳十年」，則只有一個特定的「顧

客」。因此，這對女人來講，意義還是有些不同。

當然，也有不以十年為期限，而是比較短期性的「掛帳」方式。

但是，這又和一些女人跟具有情夫身分之流「和姦」的情形迥異。而是更實在、光明正大地獲得丈夫認可的一種形態。

除了這兩者之外，還有一種叫「典妻」，這與第二種「掛帳」情形，大致相同，只不過是期限不很長，而丈夫如果不在一定的期限裡將妻子贖回，妻子就要被「沒收」。

因此，所謂「典妻」，照字面解釋，也就是把妻子典當了。

這在中國民間，是從蒙古族的元朝開始，而盛行於明、清二代。

當時的明、清政府，有鑒於此，認為此風不可長，於是便開始嚴禁取締。

妻子被視為「典當」的物品，社會秩序難免會因而大亂，所以政府禁止，是理所當然的。

不過，這也是所謂「一妻多夫制」中的一種。

這些民間百姓的例子，歸根究底，全都是封建時代，蔑視女權的男性，單方面想法。

而這些百姓所以會如此，是因拼命的工作，拼命的勞動賺錢，仍然不能過溫飽安樂的生活。在如此的社會情勢下，也只有走上這一途。

這不只是在觀念上，提倡男女平等就可以解決的問題。

此外，在男女人口比例極端不平衡的地區，因為自然環境的關係，在不得已的情況下，也有實行一妻多夫的例子。

中國新疆省于闐的西邊，以產玉聞名，就有兄弟同娶一妻的習慣。

依據北周書記載，女子若只有一位丈夫，就只戴一個方角的帽子。

如果這家族的兄弟很多，妻子當然就戴有相當這麼多兄弟的方角帽子。

接著，再舉個年代較近的例子來看：

清朝時，在甘肅的某地，也盛行兄弟同娶一妻的習慣。

一般也有兄長死後，弟弟再續娶其妻。

而關於夫妻的交歡，也是有所順序。

當夜晚或白天，兩人在房中行事時，就在門上懸掛著衣物，以做為標記，避免不必要的麻煩。

要是妻子生了孩子，第一胎就是長兄之子，接著第二胎，便是弟弟的，按照

這樣的次序，依次類推下去。

看他們這樣子，大概也覺得相當悠閒自在吧！

另外，也有不能（或不想）娶妻，卻想要孩子的男人。因此，他有暫時借用他人之妻的情形。

雙方於是按規矩，交換契約和金錢，期限訂為二年、三年，或甚至到生孩子為止。等期限一到，丈夫就前來索回。

最後再重複前述，旅行中借宿的一夜之妻。妻子的丈夫，也有跟旅客訂立契約交換物品，而當夜，自己便避居他處的。

這些事蹟，是清代歷史學家趙翼（甌北）《二十二史劄記》所記載。

但是，趙翼認為這是陋俗。

最近，一般青年男子，較不娶比自己年齡還大的女人當太太。

所以，舉這一方面的例子來聊聊。

這不僅是只有五、六歲的差距，而是指像母親與幼子般，年齡差距的故事。

在中國河南省的某一個地方，就有如此的習慣，而且大多發生在農家。

當男子一到十三、四歲，父母便早早地幫他娶一個比自己年齡大一倍以上的

新娘。這是為增加家裡勞動的人手，經常發生的「平凡」現象。有一次，一個農家也按慣例行事。

新婚的次日，為示慶祝，親戚朋友們全聚集在一起，然而新房的門卻不開。家長們不以為意，以為他們太害羞了。

到中午，門還是不開，於是父母親就敲門喊叫。孩子在裡面，雖然有回應，卻還是不出來。

父母等得不耐煩，便從門縫裡偷窺，一看大驚，原來小孩被綁在床腳下。驚嚇之餘的父母，就在門外問他怎麼回事，孩子叫道：

「昨晚正想睡覺的時候，突然從床底下鑽出一個男人，我就被他綁在這裡，他就抱著新娘，一同上床睡了。」

話未說完那個男人，突然從喜帳裡，鑽出頭來：

「新娘和我，從小就是青梅竹馬，所以我昨夜趁著一片混雜，早就鑽進這裡來等候。你們若是胡扯瞎說，輕舉妄動，不答應我的條件，我就用『這個』殺了這小子。你們去想想看！」

話一說完，就晃著亮閃閃的短刃威脅著。

大展好書　好書大展
品嘗好書　冠群可期

國家圖書館出版品預行編目資料

野史搜奇／廖義森編著
－初版－臺北市，品冠文化，民98.06
面；21 公分－（生活廣場；19）
ISBN 978-957-468-687-2（平裝）

856.9　　　　98005845

野 史 搜 奇　　ISBN 978-957-468-687-2

編 著 者／廖　義　森
發 行 人／蔡　孟　甫
出 版 者／品冠文化出版社
社　　址／台北市北投區（石牌）致遠一路 2 段 12 巷 1 號
電　　話／(02) 28236031・28236033・28233123
傳　　真／(02) 28272069
郵政劃撥／19346241(品冠)
網　　址／www.dah-jaan.com.tw
E-mail／service@dah-jaan.com.tw
承 印 者／國順文具印刷行
裝　　訂／建鑫裝訂有限公司
排 版 者／千兵企業有限公司
初版1刷／2009 年（民 98 年） 6　月

定　價／220 元

把原本一團喜氣的家，鬧得天翻地覆。

不得已，只好把新娘的父母帶到跟前，大施苦肉計，鞭打她父親的手臂，和她母親的臉頰，希望新娘能改變心意。

可是任他們下毒手，也還是白費心機。

情急之下，親朋好友們，想出個辦法來，去拜託關在獄中，一批掘穴高手—小偷們出動，從屋後開始挖地道，通到洞房，出其不意地，把他們兩人給綁住。

終於結束這場鬧劇。

無視於人體的自然生理，才會產生小新郎娶大媳婦這種事。

但是中國歷代的皇族中，一個十三、四歲的小太子，就生養小孩的史例，也多得不足為奇。

關於這些趣事，我們容後再加以敘述吧！

大展好書　好書大展
品嘗好書　冠群可期